名典名选丛书

萧涤非 著

萧光乾 萧海川 编

历代乐府选评

北京出版集团
文津出版社

图书在版编目（CIP）数据

历代乐府选评 / 萧涤非著；萧光乾，萧海川编 . —
北京：文津出版社，2020.10
　（名典名选丛书）
　ISBN 978-7-80554-721-3

　Ⅰ . ①历… Ⅱ . ①萧… ②萧… ③萧… Ⅲ . ①乐府诗
—诗歌评论—中国—古代 Ⅳ . ① I207.22

中国版本图书馆 CIP 数据核字（2020）第 072039 号

总　策　划：安　东　高立志　　责任编辑：乔天一　许　可
责任印制：陈冬梅　　　　　　　封面设计：李　高

·名典名选丛书·

历代乐府选评
LIDAI YUEFU XUANPING

萧涤非　著

萧光乾　萧海川　编

出　　版　北京出版集团
　　　　　文津出版社
地　　址　北京北三环中路 6 号
邮　　编　100120
网　　址　www.bph.com.cn
总 发 行　北京出版集团
印　　刷　北京华联印刷有限公司
经　　销　新华书店
开　　本　880 毫米 ×1230 毫米　1/32
印　　张　7
字　　数　105 千字
版　　次　2020 年 10 月第 1 版
印　　次　2024 年 4 月第 2 次印刷
书　　号　ISBN 978-7-80554-721-3
定　　价　58.00 元

如有印装质量问题，由本社负责调换
质量监督电话　010-58572393

目　录

汉初贵族乐府

西汉民间乐府

隋因南朝艳曲而造新声

唐宋乐府

汉初贵族乐府

戚 夫 人 歌

子为王，母为虏。终日舂薄暮，常与死为伍。相离三千里，当谁使告汝？

《汉书·外戚列传》："高祖崩，惠帝立，吕后为皇太后，乃令永巷囚戚夫人，髡钳衣赭衣，令舂。戚夫人舂且歌曰云云。太后闻之，大怒曰：'乃欲倚汝子耶！'乃召赵王诛之。"是此歌作于汉之初年（约公元前192年），而其体已如此，颇疑其时民间已有一种五言歌也。又此时新声尚未传入，而戚夫人习于楚歌（《史记·留侯世家》，高祖谓戚夫人曰："为我楚舞，吾为若楚歌。"），此亦足证五言实出于中土固有之声调，而不当于《铙歌》中寻求五言之踪迹也。

江　南　曲

江南可采莲，莲叶何田田！鱼戏莲叶间。鱼戏莲叶东，鱼戏莲叶西。鱼戏莲叶南，鱼戏莲叶北。

吴兢《乐府古题要解》："江南古词，盖美芳辰丽景，嬉游得时。"篇章之简短，文字之质朴，意境之单纯，在在足以表现初期作品之特性，度亦以此，易于传诵，故源远而流长焉。此篇始载《宋书·乐志》，于汉古辞，首录此篇，又凡所举证，亦必以此篇为冠，《通志·相和歌》亦首列《江南曲》，以为正声。当为传世五言乐府之最古者，殆武帝时所采吴楚歌诗。西北二字，古韵通，《楚辞·大招》："无东无西，无南无北。"是其证。此种作品置之东汉班固下，不几成怪物耶。

李延年歌

北方有佳人，绝世而独立。一顾倾人城，再顾倾人国。宁不知倾城与倾国，佳人难再得！

《汉书·外戚列传》："孝武李夫人本以倡进，初，夫人兄延年性知音，善歌舞，武帝爱之。每为新声变曲，闻者莫不感动。延年侍上，起舞歌曰云云。"《玉台新咏》录此歌，去"宁不知"三字为纯五言诗。意当时所采赵代秦楚之讴，其中必有纯五言者，延年出身微贱，"父母兄弟皆故倡"（《汉书·佞幸传》），今既为协律都尉，总领乐府，因效民歌体而为此歌。复于第五句故衍"宁不知"三字以为"新变声"。此三字者，亦如词曲中之衬字耳，吾人即认此篇为纯五言歌，固无不可也。

安世房中歌 （选一）

其一

大孝备矣，休德昭清。高张四悬，乐充宫庭。芬树羽林，云景杳冥。金支秀华，庶旄翠旌。

《房中歌》之内容，纯为儒家思想，尤侧重于孝道。如云："大矣孝熙，四极爱臻。""清明鬯矣，皇帝孝德。""孝道随世，我署文章。"不一而足。故于开宗明义第一章即揭其指。

沈德潜云："首云大孝备矣，以下反反复复，屡称孝德，汉朝数百年家法，自此开出。累代庙号，首冠以'孝'，有以也。末四句幽光灵响，不专以典重见长。"孝为儒家中心思想，如《论语》云："孝悌也者，其为仁之本与？"是仁植根于孝也。又《孝经》云："战阵无勇，非孝也。"是忠勇亦出于孝也。汉初贵黄老，而夫人独以儒学制歌于焚书坑儒、解冠溲溺之际，虽云其体宜尔，盖亦难能可贵。厥后武帝之尊崇儒术，自夫人开其端也。

《房中歌》对于后来诗歌之影响，不在其内容与描写，而在其句法与体式。计十七章中，以句法析之，不外三种：曰四言句，曰三言句，曰七言句。四言者十三章，三言者三章，七言无全篇，与三言杂者一章。四言虽多，然为沿用《诗》三百篇之旧体，故其价值乃正在于能变化《楚辞》而创为三言体与七言句之少数作品焉。

此为汉乐章之鼻祖，而其作者则一女子也。《汉书·礼乐志》云："房中祠乐，高祖唐山夫人所作也。高祖乐楚声，故《房中乐》，楚声也。孝惠二年（公元前193年），使乐府令夏侯宽备其箫管，更名《安世乐》。"唐山夫人事迹不详，第知为高祖姬而唐山为其姓而已。汉世女子如班婕妤、班昭、徐淑、蔡琰等皆善属文，同时戚姬与稍后之乌孙公主，亦皆有歌传世，斯固汉代女子之多才，不必于唐山夫人而独疑其倩人也。

战　城　南

战城南，死郭北。野死不葬乌可食。为我谓乌："且为客豪！野死谅不葬，腐肉安能去子逃？"水深激激，蒲莩冥冥。枭骑战斗死，驽马徘徊鸣。梁筑室，何以南？何以北？禾黍不获君何食？愿为忠臣安可得？思子良臣，良臣诚可思：朝行出攻，暮不夜归。

　　严沧浪曰："汉诗之不可读者，使人读之茫然。则自宋人已难之。胡应麟《诗薮》云："《铙歌》陈事述情，句格峥嵘。兴象标举，峻峭莫并。"又云："《铙歌》句读多讹，意义难绎，而音响格调，隐中自见。至其可解者，往往工绝！"清人张笃庆至称为"迥乎神笔"。然则吾人今日亦惟有就其可解者欣赏之耳。

　　吾国诗歌之有杂言，当断自汉《铙歌》始。以十八曲者无一而非长短句，其格调实为前此诗歌之所未有也。《诗经》中虽间有其体，然以较《铙歌》之变化无常，不可方物，乃如小巫之见大巫焉。此当由于《铙歌》为北狄西域之新声，故与当时楚声之《安世》《郊祀》二歌全然异其面目。而音乐对于诗歌之影响，亦即此可见。苏东坡论文尝云："大致如行云流水，初无定质。但行于其所当行，止于其不可不止。"吾人读《铙歌》，乃深觉有此一境焉。

　　　　　　　　　　　历代乐府选评

《铙歌》不独在诗体上独树一帜，自成一派，其文字亦时挟奇趣，即属颂诗，亦不似《郊祀歌》之第以古奥艰深为能事，疑出自当时黄门倡及乐工之手（《汉书·艺文志》有《黄门倡车忠等歌诗十五篇》）。至其中一部分民歌，则尤饶情趣。故今兹所叙，不厌其详，并略加疏证，以便观览。

此篇托为死者自道之语。《诗经·何草不黄》云："哀我征夫，独为匪民。"《楚辞·国殇》云："严杀尽兮弃原野。"吾国贱兵之习，盖自古而然。"豪"读本字。《楚辞·大招》注云："千人才曰豪。"但此作动词用。《汉书》"以财雄边"，又《世说新语·容止》篇"魏武将见匈奴使，以形陋不足雄远国"，"雄"亦系动词。为国捐躯，死而不葬，事至不平，情极悲愤，而反作豪语者，正是透过一层写法。陈本礼云："客固不惜一已殪之尸，但我为国捐躯，首虽离兮心不惩，耿耿孤忠，豪气未泯，乌其少缓我须臾之食焉。"刘履《选诗补注》（补遗）云："谅者，信其必然之词。枭通骁，良马也。梁，川梁可通南北者。筑室其上，则无由通矣。"李子德曰："烈士死战，安居执刀笔者且妄议之。'思子良臣'，正恨之也！"杨慎曰："古人文辞，不厌郑重。宋玉赋'旦为朝云'，《古乐府》云'暮不夜归'。"（《汉书·蒯通传》："昨暮夜，犬得肉，争斗相杀，请火治之。"又《后汉书·杨震传》：王密怀金十斤以遗震，震却之，密曰："暮夜无知者。"震曰："天知神知，我知子知，何谓无知？"据此，则"暮夜"连文，乃汉人常语。"暮不夜归"，特拆而言之，实即"暮夜不归"意。）此篇虽叙战事，而语涉讽刺，不知当日军乐何以用之。若魏晋以下，那得有此种。

上　邪

上邪！我欲与君相知。长命无绝衰。山无陵，江水为竭，冬雷震震夏雨雪，天地合，乃敢与君绝。

上邪，犹言天乎，盖女子呼天以为誓也。庄述祖以为男慰女者，恐非。胡应麟曰："《上邪》言情，短章中神品！"沈德潜曰："山无陵以下共五事，重叠言之，不见其排，何笔力之横也！"

《柳亭诗话》云：“邪一作雅。愚意，古邪耶通用，味全篇语气，首二字一读，有疑而讯之之意。何承天拟此篇云‘上邪下难正，众枉不可矫’，则竟作邪正之邪矣。”此说甚是。《汉书·佞幸传》：“（石）显与中书仆射牢梁、少府五鹿充宗，结为党友，诸附倚者皆得宠位，民歌之曰：‘牢邪？石邪？五鹿客邪？印何累累，绶若若邪？’言其兼官据势也。”此诸邪字皆语气词，确有疑怪而讯之之意。

有　所　思

有所思，乃在大海南。何用问遗君？双珠玳瑁簪，用玉绍缭之。闻君有他心，拉杂摧烧之。摧烧之，当风扬其灰。从今已往，勿复相思！相思与君绝！鸡鸣狗吠，兄嫂当知之。妃呼豨！秋风肃肃晨风飔。东方须臾高知之。

此与上篇所表现之女性，皆甚爽直激烈，所谓北方之强。口吻逼肖，情态欲生，真神笔也。《左传·成公十六年》注："问，遗也。"《广雅·释诂》同。庄述祖以"何用"三句为男子之言，"闻君"以下，为女子答辞；陈本礼则以为女子"自说自答"，似于义为长。盖拉杂摧烧之物，即将以问遗所思之双珠玳瑁簪也。《历代诗发》云："叠三字（摧烧之），继以当风扬其灰，见满心决绝，为'从今已往'八字著力也！"鸡鸣二句追忆定情之夕，"当"字可味。"妃呼豨"三字，解说不一。有以为声词者，如徐祯卿云："乐府中有妃呼豨、伊何那诸语，本自无义，但补乐中之音。"王世贞、董若雨并同此说。有以为写风声者，如《贞一斋诗话》云："乐府妃呼豨，是摹写风声。"此盖探下文而生义。有以为转语者，如陈本礼云："妃呼豨，人皆作声词读，细玩其上下语气，有此一转，便通身灵豁，岂可漫然作声词读耶？"（闻一多先生疑系"乐工所记表情动作之旁注"，谓"妃读为悲，呼豨读为歔欷，歌者至此当作悲泣之状"。）此三字，自是声词，如"几令吾呼""何何吾吾""乌乌武邪"之类。然此处曲调遗声，独存不废者，必有其重要性在。殆以声词而兼转换与表情之作用者。至有讹为"女唤豨"者，则大谬矣。如《寒厅诗话》："阮亭先生曰，余尝见一江南士子拟古乐府，有'妃来呼豨豨知之'之句，盖乐府妃呼豨，皆声而无字，今误以妃为女，呼为唤，豨为豕，凑泊成句，是何文理？因论诗绝句，著其说曰：'草堂乐府擅惊奇，老杜衰时托兴微。元白张王皆古意，不曾辛苦学妃豨。'"然其误自徐献忠《乐府原》已开之。

《说文》："飔，凉风也。"晨风字点出中宵独语，长夜无眠景况。东方句，陈本礼云："言我不忍与君决绝之心，固有如曒日也。倘谓予不信，少待须史，俟'东方高'则知之矣。"魏明帝《种瓜篇》云："天日照知之，想君亦俱然。"语意本此。

西汉民间乐府

薤　露

薤上露，何易晞！露晞明朝更复落，人死一去何时归？

蒿　里

蒿里谁家地？聚敛魂魄无贤愚。鬼伯一何相催促，人命不得少踟蹰！

《古今注》曰："《薤露》《蒿里》，并丧歌也。本出田横门人，横自杀，门人伤之，为作悲歌，言人命奄忽，如薤上之露易晞灭也。亦谓人死魂魄归于蒿里。至汉武帝时，李延年乃分为二曲，《薤露》送王公贵人，《蒿里》送士大夫庶人。使挽柩者歌之，亦谓之《挽歌》。"是二歌盖作于汉初。然以其中多用七言句一事按之，必经李延年润色增损，以武帝之世，乐府始大倡七言也。要为西汉文字无疑。

"薤露"一名，始见《文选·宋玉对楚王问》："其为阳阿薤露，国中属而和者数百人。""蒿里"者，《汉书·武五子传》："蒿里召兮郭门阅。"师古注："蒿里，死人里。"又《武帝纪》："太初元年十二月檀高里。"注引伏俨曰："山名，在泰山下。"师古曰："此高字，自作高下之高。而死人之里，谓之蒿里，或呼为下里者也。字则为蓬蒿之蒿。或者既见泰山神灵之府，高里山又在其旁，即误以高里为蒿里，混同一事。文学之士，共有此谬，陆士衡尚不免（指陆《泰山吟》："梁甫亦有馆，蒿里亦有亭。"），况其余乎！今流俗书本，此高字有作蒿者，妄加增耳。"然则高里自高里，乃泰山下一山名，蒿里自蒿里，为死人里之通称，或曰下里，不容相混也。

此二曲者，至东汉已不仅为丧歌。有用之宴饮者，如《后汉书·周举传》："商（大将军梁商）大会宾客，宴于洛水，举时称疾不往，商与亲昵酣饮极欢，及酒阑倡罢，续以《薤露》之歌，座中闻者皆为掩涕。太仆张种时亦在焉，会还，以事告举，举叹曰：此所谓哀乐失时，非其所也，殃将及乎。商至秋果薨。"有用之婚嫁者，如《风俗通》云："时京师殡、婚、嘉会，皆作魌樋，酒酣之后，续以《挽歌》。魌樋，丧家之乐；《挽歌》，执绋相偶和之者。"曹植有《元会》诗，而云"悲歌厉响，咀嚼清商"。所谓悲歌，当即挽歌，则知流风所及，至魏犹未泯。于此，亦可见二曲感人之深矣。

乌生八九子

乌生八九子，端坐秦氏桂树间。唶！我秦氏家有遨游荡子，工用睢阳彊，苏合弹。左手持彊弹两丸，出入乌东西。唶！我一丸即发中乌身，乌死魂魄飞扬上天。阿母生乌子时，乃在南山岩石间。唶！我人民安知乌子处？蹊径窈窕安从通？白鹿乃在上林西苑中，射工尚复得白鹿脯。唶！我黄鹄摩天极高飞，后宫尚复得烹煮之。

鲤鱼乃在洛水深渊中，钓竿尚得鲤鱼口。噌！我人民生，各各有寿命，死生何须复道前后！

句格苍劲，迥异寻常。黄鹄二句，与《铙歌》"黄鹄高飞离哉翻，关弓射鹄，令我主寿万年"，情事相同。又篇中言及上林苑，上林苑当景、武之世，多养白鹿狡兔，为游猎之地，并足为作于西京（长安）之证。

此篇为寓言，极言祸福无形，主意只在末二句。《文选》李善注："古《乌生八九子》歌曰：黄鹄摩天极高飞。"是作"噌我"一读。朱嘉徵云："噌音借，叹声，一音谪。嘆、噌，多辞句也。"陈祚明曰："噌字，读嗟叹之音。"李子德曰："噌，托乌语以发之。白鹿、鲤鱼不用噌字，极有理。"是诸家又皆作噌字一读也。《史记·滑稽列传》："郭舍人疾言骂之曰：'咄！老女子何不疾行？陛下已壮矣！'"又《外戚世家》："武帝下车泣曰：'嘊！大姊何藏之深也！'"又《汉书·东方朔传》："朔笑之曰：'咄！口无毛，声謷謷，尻益高。'"又《后汉书·光武纪》："后望气者苏伯阿为王莽使至南阳，望见春陵郭，噌曰：'气佳哉！郁郁葱葱然。'"注云："噌，叹也。音子夜反。"则知汉人原有此种语法。作嗟字读，似于义为长。我秦氏，我黄鹄，盖乌与黄鹄自我也。此类汉乐府中多有之。如《豫章行》："何意万人巧，使我离根株。"则白杨自我也。《蜨蝶行》："奈何卒逢三月养子燕，接我首葙间。"则蜨蝶自我也。《战城南》："为我谓乌，且为客豪。"则死者自我也。《白鹄行》："吾欲衔汝去，口噤不能开。吾欲负汝去，毛羽何摧颓。"吾，亦白鹄自吾也。所谓"我人民""我黄鹄"者，亦犹《汉书》："我儿子，安敢望汉天子!"(《匈奴传》)又"我丈夫，一取单于耳"(《李陵传》)之类。

《毛传》："善其事曰工。"彊，强弩也。睢阳，古宋国地，汉为梁所都，梁孝王尝广睢阳城七十里，其人夙善为弓，故云。苏合，西域香也。（乾按，梁启超先生《中国之美文及其历史》说本篇"一名《乌生十五子》"。）

平 陵 东

平陵东，松柏桐，不知何人劫义公。劫义公，在高堂上。交钱百万两走马。两走马，亦诚难。顾见追吏心中恻。心中恻，血出漉。归告我家卖黄犊！

　　崔豹《古今注》曰："《平陵东》，汉翟义门人所作也。"《乐府古题要解》云："义，丞相方进之少子，字文仲，为东郡太守，以莽篡汉，举兵诛之，不克，见害。门人作歌以悲之也。"

　　其事详《汉书·翟方进传》，兹节录如下："义为东郡太守数岁，平帝崩，王莽居摄，义心恶之。谓陈丰曰：吾幸得备宰相子，身守大郡，父子受汉厚恩，义当为国讨贼。设令时命不成，死国埋名，犹可以不惭于先帝。于是举兵，立刘信为天子，移檄郡国，郡国皆震，比至山阳，众十余万。莽大惧，乃拜孙建为奋武将军，凡七人，以击义。攻围义于圉城（在河南），破之。义与刘信，弃军庸亡，至固始（在河南）界中，捕得义。尸磔陈都市。莽尽坏义第宅污池之，发父方进及先祖冢在汝南者，烧其棺柩，夷灭三族，诛及种嗣，至皆同坑以棘五毒并葬之。莽于是自谓大得天人之助，至其年十二月，遂即真矣。"此其本末也。《王莽传》亦谓："莽既灭翟义，自谓威德日盛，获天人之助，遂谋即真之事矣。"然则义不死，莽不得篡汉也。

此篇之作，其当翟义兵败被捕之时乎？《汉书·地理志》："右扶风有平陵县。"注云："昭帝置，莽曰广利。"在今陕西省咸阳市西北。曰平陵东，松柏桐者，暗指莽居摄地也。《后汉书·郡国志》长安下，注引《皇览》云："卫思后葬城东南桐松园，今千人聚是。"是知汉时长安固多植松柏梧桐也。不知何人者，不敢斥言，故云不知也。交钱百万两走马，言如其可赎，则不惜以百万巨资赎之，盖汉法可以货贿赎罪也。然义于新莽，实为大逆，罪在不赦，故曰亦诚难。顾见追吏，想象之词，言营救者法当连坐，自身且将为吏追捕，正所谓诚难也。钱既不能赎，则惟有救之以力耳，故云归告我家卖黄犊，言欲卖牛买刀，以死救之也。观末语，知此歌必出于民间。

作者作此诗时，殆尚不知义之已死，故犹存万一之望。吴兢以为门人悲义之见害，后人不察，牵强为说，皆非诗意。《后汉书·王昌传》："王昌一名郎。更始元年（公元 23 年）十二月，林（景帝七代孙）等遂立郎为天子。移檄州郡曰：'王莽窃位，获罪于天。天命佑汉，故使东郡太守翟义，严乡侯刘信，拥兵征讨。普天率土，知朕隐在人间，朕仰观天文，以今月壬辰即位赵宫，盖闻为国，子之袭父，古今不易（郎诈称为成帝子子舆）。刘圣公（刘玄）未知朕，故且持帝号，已诏圣公及翟太守巫与功臣诣行在所。'郎以百姓思汉，既多言翟义不死，故诈称之，以从人望。"（节引）考翟义被害，在居摄二年（公元7年）冬，下迄更始，凡十六年。据此，则当日翟义之死，民间或不遍知，故历十余年后，犹多有不死之传说，因而王昌辈得以诈称之。然义之忠义，其感人之深，结人之固，亦正可见。此诗所以有"义公"之目，与心恻血出，归家卖犊诸语也。旧以为出义门人，正不必尔。呜呼，乐府"缘事而发"之言，岂欺我哉！

东汉民间乐府

步出夏门行　(相和瑟调曲)

邪径过空庐，好人尝独居。卒得神仙道，上与天相
扶。过谒王父母，乃在太山隅。离天四五里，道逢赤松
俱。揽辔为我御，将吾天上游。天上何所有？历历种白
榆。桂树夹道生，青龙对伏趺。

《后汉书·百官志》载："洛阳城十二门，有夏门。"
此篇题曰《步出夏门行》，当系东汉作也。王父母，谓东
王公，西王母。白榆，桂树。青龙，双关星名。陈祚明
曰："好人必有所指。廖廖空庐，独居其中，此高士也，
何以为娱。富贵不足系念，故期以神仙也。'卒得'字

妙，与《善哉行》'要道不烦'同旨。极言其易。与天相扶，语奇！东父西母，乃在太山，荒唐可笑。天何可里计？乃言四五里，见得极近，最荒唐语，写若最真确，故佳。"此类，汉乐府中多有之，尤以言神仙诸作为然。往往参互舛错，不可究诘，与诸传记不符，正不必一一求其适合。妄言之，妄听之，斯为得之。陈氏所谓荒唐，实亦即所谓诙谐。此种诙谐性，乃汉乐府一大特色，不独此一篇然也。

君 子 行 (相和平调曲)

君子防未然，不处嫌疑间。瓜田不纳履，李下不正冠。嫂叔不亲授，长幼不并肩。劳谦得其柄，和光甚独难。周公下白屋，吐哺不及餐。一沐三握发，后世称其贤。

纯为儒家思想。《周易》："劳谦君子有终吉。"又曰："谦，德之柄也。"《老子》："和其光，同其尘。"和光谓令名高位与人同之。而能如此者甚难也。二句言避嫌之道。末举周公以实之。陈祚明曰："瓜田李下句，当其创造时，岂不新警！"邱光庭云："诸经无纳履之语，《曲礼》：俯而纳屦。《正义》曰：俯，低头也。纳，犹着也。低头着屦，则似取瓜，故为人所疑也。履无带，着时不必低头，故知履当为屦，传写误也。"《汉书·萧望之传》："恐非周公相成王，躬吐握之礼，致白屋之意。"师古注："周公摄政，一沐三握发，一饭三吐哺，以致天下之士。白屋，谓白盖之屋，以茅覆之，贱人所居。"

此类多言处世避难，安身立命之道。大抵不出儒道两家思想，其为道家思想者，多属寓言体，颇具神仙度世之点化作用。其为儒家思想者，则率含教训意味。然要皆有深切浓厚之感情为之背景，故亦不同于子书箴铭焉。

猛　虎　行　(平调曲)

饥不从猛虎食！暮不从野雀栖！"野雀安无巢？游子为谁骄？"

朱嘉徵曰："猛虎行，谨于立身也。"杜诗云"纨绔不饿死，儒冠多误身"，又云"礼乐攻吾短"，盖士君子洁身自爱，见得思义，势必至此。末二语，托为野雀反唇相讥之词。犹言我野雀岂无巢哉？若尔天涯游子，则真无家矣，尚骄谁乎？骄字根上"不从"字来。要知世间，乃多此种俗物。

枯鱼过河泣　(杂曲歌辞)

枯鱼过河泣，何时悔复及？作书与鲂鱮，相教慎出入！

此亦寓言警世之作。张荫嘉《古诗赏析》云："此罹祸者规友之诗。出入不谨，后悔何及？却现枯鱼身而为说法。"李子德曰："枯鱼何泣？然非枯鱼，则何知泣也?!"

《后汉书·陈留老父传》："桓帝世党锢事起，守外黄令陈留张升，去官归乡里，道逢友人，共班草而言。升曰：'吾闻赵杀鸣犊，孔子临河而返，覆巢竭渊，龙凤逝而不至。今宦竖日乱，陷害忠良，贤人君子，其去朝乎？夫德之不建，人之无援，将性命之不免，奈何？'因相抱而泣。老父趋而过之曰：'吁！二大夫何泣之悲也。夫龙不隐鳞，凤不藏羽。网罗高悬，去将安所？虽泣，何及乎？'"诸寓言之作，其当桓、灵之日，党锢之世乎？要其为乱世之音，固无可疑者。

悲　　歌　（杂曲歌辞）

悲歌可以当泣，远望可以当归。思念故乡，郁郁累累。欲归家无人，欲渡河无船。心思不能言，肠中车轮转。

《文选》李善注引《古乐府诗》曰："还望故乡郁何累。"文句稍异。郁郁累累，谓坟墓也。汉诗用比，皆极新颖得当，如言人命短促，则云"奄若风吹烛""奄忽若飙尘""命如凿石见火"；言时光之一去不回，则云"百川东到海，何时复西归"；言君子之不处嫌疑，则云"瓜田不纳履，李下不正冠"；讥兄弟之不相爱，则云"虫来啮桃根，李树代桃僵"。此篇车轮之喻亦然。

古　歌

秋风萧萧愁杀人。出亦愁，入亦愁。座中何人谁不怀忧？令我白头！胡地多飚风，树木何修修。离家日趋远，衣带日趋缓。心思不能言，肠中车轮转。

此歌郭茂倩《乐府诗集》、左克明《古乐府》并不载。然其本身即为一含有音乐性之文字，观末二句与《悲歌》悉同，亦足证其出于乐府也。沈德潜曰："苍莽而来，飘风急雨，不可遏抑。"良然！以上二篇皆写游子天涯之感者，古时交通不便，行路艰难，真有如所谓"一息不相知，何况异乡别"者。初不如吾人今日之瞬息千里，迅速安全，故古人于离别一事，乃甚多血泪之作。此则时代环境有以左右吾人之情感者也。

东　门　行　(瑟调曲)(本词)

出东门，不顾归。来入门，怅欲悲。盎中无斗米储，还视架上无悬衣。拔剑东门去。舍中儿母牵衣啼："他家但愿富贵，贱妾与君共铺糜。上用仓浪天，故下当用此黄口小儿！""今非咄行，吾去为迟。白发时下难久居！"

《东门行》有两篇，一为晋乐所奏，即所谓"古词"（文字颇有增改），一为汉乐府原作，即所谓"本词"（本词之名，首见唐吴兢《乐府古题要解》，宋郭茂倩《乐府诗集》因之），此处所录，乃未经晋乐修改之"本词"。不曰携剑、带剑，而曰"拔剑"，其人其事，皆可想见。饥寒切身，举家待毙，忍无可忍，故铤而走险耳。"他家"数语，妻劝阻其夫之词。用，为也。古人迷信，谓天能祸福人，而杀人者必且报及后嗣，故又以父子之情动其夫。黄口，雏鸟，此指小儿。《淮南子》："古之伐国，不杀黄口。"他家、我家、是家，皆汉人语也。明陆深《春风堂随笔》："王忠肃公翱字九皋，盐山人，为太宰时，每呼二侍郎崔家、严家，今相传以公为朴直。此字亦有所本，盖尊敬之词。汉称天子曰官家，石曼卿呼韩魏公为韩家。若今人则为轻鲜之词矣。"汉时称天子但曰"是家"，尚无称"官家"者。《汉书·外戚传》："是家轻族人，得无不敢乎？"谓成帝也。然当时称"家"，确含尊意。"今非"以下，夫答妻之词。言今非咄嗟之间行，则吾去为已迟。应上"牵衣啼"。《尔雅》："下，落也。"

艳　歌　行　(瑟调曲)

翩翩堂前燕，冬藏夏来见。兄弟两三人，流宕在他县。故衣谁当补？新衣谁当绽？赖得贤主人，览取为吾绽。夫婿从门来，斜柯西北眄。"语卿且勿眄，水清石自见！""石见何累累，远行不如归！"

此盖夫疑其妻之作。末四语对话，口角甚肖。李子德曰："石见何累累，承之曰远行不如归，接法高绝。非远行何以有补衣之事？故触事思归耳。"末二语，当是夫婿反唇相讥之词，有逐客之意。斜柯句神态如绘，黄晦闻先生曰："案梁简文《遥望》诗'斜柯插玉簪'，毕曜《情人玉清歌》'善踏斜柯能独立'，段成式《联句》'斜柯欲近人'，则斜柯原是古语，当为欹斜之意。"孟启《本事诗》载崔护郊游寻春事，有"女子独倚小桃，斜柯伫立，而属意殊厚"之文，此斜柯似兼有斜视之意。览通作揽，《说文》："揽，撮持也。"《广韵》："緆，补缝。"

白　头　吟　(楚调曲)（本词)

皑如山上雪，皎若云间月。闻君有两意，故来相决绝。今日斗酒会，明旦沟水头。蹀躞御沟上，沟水东西流。凄凄复凄凄，嫁娶不须啼。愿得一心人，白头不相离。竹竿何袅袅，鱼尾何簁簁。男儿重意气，何用钱刀为！

此篇旧多误以为卓文君作。陈沆云："《玉台新咏》载此篇，题作'皑如山上雪'，不云《白头吟》，亦不云何人作也。《宋书·大曲》有《白头吟》，作古辞。《御览》《乐府诗集》同之，亦无文君作《白头吟》之说。自《西京杂记》始附会文君，然亦不著其辞，未尝以此诗当之。及宋黄鹤注杜诗，混合为一，后人相沿，遂为妒妇之什，全乖风人之旨。且两意决绝，沟水东西，文君之于长卿，何至是乎？盖弃友逐妇之诗，非小星逮下之刺。愿得一心人，白头不相离，忠厚之至也。男儿重意气，何用钱刀为，慷慨之思也。勿以嫉妒诬风人焉。"

《礼记》："孔子曰：嫁女之家，三夜不息烛，思相离也。取妇之家，三日不举乐，思嗣亲也。"以此推之，则古时女子出嫁，亦必悲啼，所谓"嫁娶不须啼"者，实即嫁时不须啼耳。张荫嘉曰："凄凄二句从他人嫁娶时凭空指点，以为妇人有同一之愿。不从己身说，而己身已在里许。"袅袅，弱貌。簁簁，鱼尾长貌。二句谓钓者以竹竿得鱼，犹之男子以意气而得妇，结合之间，初不在金钱也。"沟水东西流"，象征夫妻之离散。古人云"天生江水向东流"，而沟水则不必然，故隋庾抱诗云："人世多飘忽，沟水易西东。"

陌　上　桑　(相和曲)

　　日出东南隅，照我秦氏楼。秦氏有好女，自名为罗敷。罗敷喜蚕桑，采桑城南隅。青丝为笼绳，桂枝为笼钩。头上倭堕髻，耳中明月珠。缃绮为下裙，紫绮为上襦。行者见罗敷，下担捋髭须。少年见罗敷，脱帽著帩头。耕者忘其犁，锄者忘其锄。来归相怨怒，但坐观罗敷。

　　使君从南来，五马立踟蹰。使君遣吏往："问是谁家姝！""秦氏有好女，自名为罗敷。""罗敷年几何？""二十尚不足，十五颇有余。"使君谢罗敷："宁可共载否？"罗敷前置词："使君一何愚！使君自有妇，罗敷自有夫。"

　　"东方千余骑，夫婿居上头。何以识夫婿，白马从骊驹。青丝系马尾，黄金络马头。腰间鹿卢剑，可直千万余。十五府小吏，二十朝大夫；三十侍中郎，四十专城居。为人洁白皙，鬑鬑颇有须。盈盈公府步，冉冉府中趋。坐中数千人，皆言夫婿殊。"

汉时太守、刺史有"行县"之制，名曰"劝课农桑"，实多扰民，此诗即其证也。诗中写罗敷之美，分两层，首从正面描摹，亦止言其服饰之盛。次从旁面烘托，此法最为新奇！然亦正以行者、少年、耕者、锄者逗起下文使君。见得"雅俗共赏"，有如孟子所谓"不知子都之美者无目者也"意。唐权德舆《敷水驿》诗："空见水名敷，秦楼昔事无。临风驻征骑，聊复捋髭须。"数百年后犹能使人如此神往，足见此诗之艺术魅力。末段为罗敷答词，当作海市蜃楼观，不可泥定看杀！以二十尚不足之罗敷，而自云其夫已四十，知必无是事也。作者之意，只在令罗敷说得高兴，则使君自然听得扫兴，更不必严词拒绝（请参阅《汉乐府的诙谐性》，见《萧涤非说乐府》，上海古籍出版社 2002 年版；《萧涤非文选》，山东大学出版社 2006 年版）。

倭堕髻即堕马髻，见《后汉书·梁统传》。《风俗通》："堕马髻者，侧在一边。始自梁冀家所为，京师翕然皆放效。"《古今注》："堕马髻，今（指晋）无复作者。倭堕髻，一云堕马之余形也。"温庭筠《南歌子》"倭堕低梳髻"，是唐时犹有为之者。帩头一作绡头，《释名》："绡头，绡，钞也。钞发使上从也。"沈德潜曰：
"坐，缘也。归家怒怒，缘观罗敷之故也。"《汉书·隽不
疑传》晋灼注："古长剑首以玉作井鹿卢形。"古诸侯五
马，汉太守甚重，比诸侯，故用五马。《汉书·酷吏·宁
成传》："(成)称曰：仕不至二千石，贾不至千万，安可
比人乎？"今罗敷所以盛夸其夫婿者，亦至太守而极，盖
一时观念然也。汉人似颇以有须为美观，如《汉书·霍
光传》："光长才七尺三寸，白皙，疏眉目，美须髯。"又
《后汉书·光武纪》："光武身七尺三寸，美须眉。与李通
等起于宛，时年二十八。"又《马援传》："(援)为人明
须发，眉目如画。"皆其证。

盈盈冉冉，并行迟貌，二句一意，重言以成章耳。
案汉世男女，皆各有步法。《梁冀传》谓冀妻能作"折腰
步"，又《孔雀东南飞》云："纤纤作细步，精妙世无
双。"此汉代女子步法之可考见者。《后汉书·马援传》：
"勃(朱勃)衣方领，能矩步。"注云："颈下施衿，领
正方，学者之服也。矩步者，回旋皆中规矩。"服既为学
者之服，则"矩步"当亦学者之步，与此诗所谓"公府
步"者必自不同。此汉士大夫步法之可考见者。度其间

方寸疾徐之节，必各有不同及难能之处，故彼传特表而出之，而此诗亦以为言也。闻一多先生云："案古礼，尊贵者行迟，卑贱者行速，孙堪以县令谒府，而趋步迟缓，有近越礼，故遭谴斥（见《后汉书·儒林·周泽传》）。太守位尊，自当举趾舒泰，节度迟缓。此所谓公府步府中趋，犹今人言官步矣。"则是官步中，又有尊卑之别焉。（《陌上桑》实为我国五言诗歌发展史上之明珠，后世大诗人如曹植、杜甫、白居易等莫不为之醉心倾倒。曹《美女篇》"行徒用息驾，休者以忘餐"，显系从此脱胎。曹乃建安作者，则此篇产生时代之早，固约略可见，其早于《孔雀东南飞》，则可断言耳。）

陇　西　行　(瑟调曲)

天上何所有？历历种白榆。桂树夹道生，青龙对道隅。凤凰鸣啾啾，一母将九雏。顾视世间人，为乐甚独殊！好妇出迎客，颜色正敷愉。伸腰再拜跪，问客平安否。请客北堂上，坐客毡㲪㲪。青白各异樽，酒上正华疏。酌酒持与客，客言主人持。却略再拜跪，然后持一杯。谈笑未及竟，左顾敕中厨。促令办粗饭，慎莫使稽留！废礼送客出，盈盈府中趋。送客亦不远，足不过门枢。取妇得如此，齐姜亦不如。健妇持门户，亦胜一丈夫！

张荫嘉曰："此美健妇能持门户之诗。旧解皆云中含讽意，盖因妇人宜处深闺，不应自应宾客也。然玩诗意，以凤凰和鸣，一母九雏兴起，则此好妇之无夫无子，自可想见。门户既借以持，宾客胡能不待？篇中绝无含刺之痕。起八句言天上物物成双，凤凰和鸣，惟有将雏之乐，以反兴世间好妇，不幸无夫无子，自出待客之不得已来。似与下文气不属，却与下意境有关。"张氏以此为美健妇能持门户之作，是矣。惟又谓此健妇为无夫之寡妇，则尚有可议。《汉书·陈遵传》："初，遵为河南太守，而弟为荆州牧，当之官，过长安富人故洛阳王外家左氏，饮食作乐。后司直陈崇闻之，劾奏遵兄弟曰：始遵初除，乘藩车，入闾巷，过寡妇左阿君，置酒歌讴，遵起舞跳梁，顿仆坐上，暮因留宿。遵知礼不入寡妇之门，而湛酒溷淆，乱男女之别，臣请俱免。"（节录）观此，可知汉时习俗。既云礼不入寡妇之门，则为寡妇者亦自不应置酒待客。信如张氏之说，则此妇不得称好妇，而此客之来，亦如陈遵兄弟先为失礼矣。好妇之夫，自可行役在外，似不必定解作"无夫"也。

《汉书·艺文志》有《燕代讴雁门云中陇西歌诗》九篇之目，此篇题为《陇西行》，而其所表现之女性，亦复豪健有丈夫气，与其他诸篇，如《东门行》《艳歌行》《白头吟》等之第为文弱者迥异，当即所采《陇西歌诗》也。至其所以特异之故，则由于地气与环境之关系。班固尝两著其说，《汉书·地理志》云："凡民函五常之性，而其刚柔缓急，音声不同，系水土之风气，故谓之风。好恶取舍，动静无常，随君上之情欲，故谓之俗。秦地天水、陇西，山多林木，民以板为室屋，及安定、北地、上郡、西河，皆迫近戎狄，修习战备，高上气力，以射猎为先。汉兴，名将多出焉。孔子曰'小人有勇而无谊则为盗'，故此数郡民俗质木，不耻寇盗。"又《赵充国传》赞云："秦汉以来，山东出相，山西出将。何则？山西天水、陇西、安定、北地，处势迫近羌胡，民俗修习战备，高上勇力，鞍马骑射。故秦诗曰：'王于兴师，修

我甲兵，与子偕行。'其风声气俗，自古而然，今之歌谣
慷慨，风流犹存耳。"夫男既如此，女当亦然，此篇中所
以有健妇持门户，亦胜一丈夫之文也。所惜班氏于此种
慷慨歌谣，皆未记录。今之所存，吾人亦难辨别。此篇
虽可确认为出于陇西，然是否为西汉所采，在《艺文志》
所列"《陇西歌诗》九篇"之内，吾人亦无法断言。向使
班氏一载其词，则此歌时代，便成铁铸。而吾人于五言
诗体源流之探究，将更得一有力之佐证，其嘉惠后学，
岂有既乎?!

上留田行 （瑟调曲）

里中有啼儿，似类亲父子。回车问啼儿，慷慨不
可止!

《古今注》云："上留田，地名也。人有父母死，不
字其孤弟者，邻人为其弟作悲歌以讽其兄。""亲父子"，
犹云一父之子，谓同产兄弟。《孔雀东南飞》云"我有亲
父兄"，亦谓同产兄也。李子德以为似讽父之听后妇而不

恤前子，恐误。回车一问，始知果然为"亲父子"，故不胜慷慨。啼儿答语，更不揭出，语极含蓄，故曰闻者足戒。

妇 病 行 （瑟调曲）

妇病连年累岁，传呼丈人前一言。当言未及得言，不知泪下一何翩翩。"属累君两三孤子，莫我儿饥且寒！有过慎莫笪笞！行当折摇，思复念之！"乱曰：抱时无衣，襦复无里。闭门塞牖舍，孤儿到市。道逢亲交，泣坐不能起。从乞求与孤买饵。对交啼泣，泪不可止。"我欲不伤悲不能已。"探怀中钱持授。交入门，见孤儿啼索其母抱。徘徊空舍中，"行复尔耳，弃置勿复道！"

写母爱极深刻。"当言"二句，传神之笔。"舍"即房舍，牖舍连文，正汉魏诗古朴处，亦如舟船、觞杯连文之类。下文云"空舍"，即根此舍字来。曰"两三孤子"，则知孤儿非一，逢亲交乞钱，是大孤儿，啼索母抱，是小孤儿，盖幼不知其母之已死也。惨状一一从亲交眼中写出，徘徊弃置，盖有不忍言者矣。亲交犹亲友，汉魏时常语，如《善哉行》"亲交在门"，曹植诗"亲交义不薄"，皆其证。"行当"犹今言不久就要。《旧唐书·张嘉贞传》："若贵臣尽当可杖，但恐吾等行当及之。""折摇"犹折夭，谓孤子。尔，如此也。"行复尔耳"，谓妻死不久，即复如此，置子女于不顾也。吴旦生曰："乱者，乐之卒章。"

陶潜《杂诗》："风来入房户。"既说房，又说户，亦不以重复为嫌。唐人绝不如此。曹操《气出唱》："四面顾望。"陈琳诗"内舍多寡妇""作书与内舍"，亦此类也。

孤 儿 行 （一曰《孤子生行》）（瑟调曲）

孤儿生，孤子遇生，命独当苦。父母在时，乘坚车，驾驷马。父母已去，兄嫂令我行贾。南到九江，东到齐与鲁。腊月来归，不敢自言苦。头多虮虱，面目多尘。大兄言"办饭"，大嫂言"视马"！上高堂，行取殿下堂，孤儿泪下如雨。使我朝行汲，暮得水来归。手为错，足下无菲。怆怆履霜，中多蒺藜。拔断蒺藜，肠肉中，怆欲悲。泪下渫渫，清涕累累。冬无复襦，夏无单衣。居生不乐，不如早去，下从地下黄泉！春气动，草萌芽。三月蚕桑，六月收瓜。将是瓜车，来到还家。瓜车翻覆，助我者少，啖瓜者多。"愿还我蒂，兄与嫂严，独且急归，当兴校计。"乱曰：里中一何譊譊！愿欲寄尺书，将与地下父母："兄嫂难与久居！"

后母之憎前子，兄嫂之疾孤弟，几为吾国数千年来之通病，此亦一社会问题也。沈德潜曰："泪痕血点，凝缀而成。"信然。观南到九江，东到齐鲁，此篇疑亦秦地歌谣，班固所谓"慷慨"者也。"行取"犹行趣，趣与趋通。古者屋高严皆名为殿，不必宫中。错，石也。菲，粗屦也。《汉书·朱云传》："云攀槛呼曰：臣得下从龙逄、比干游于地下足矣。"与此"下从地下黄泉"语法正同。惟此处复黄泉二字，此当为音节关系，犹《妇病行》"连年累岁"叠用之类。下从地下黄泉句后，忽然荡开，间以"春气动，草萌芽"二语，令读者耳目心情，随之一嚣，然后再折回本题，转到收瓜事上，所谓乐府之妙，往往于回翔曲折处感人者，此类是也。后世长短句，惟李后主《浪淘沙》"晚凉天净月华开。想得玉楼瑶殿影，空照秦淮"颇同此神味。

全篇作孤儿语。陆时雍说："汉乐府《孤儿行》，事至琐而言之甚详。"

东汉文人乐府

武 溪 深 行 （杂曲）

马援

滔滔武溪一何深！鸟飞不度，兽不敢临。嗟哉，武溪兮多毒淫！

《古今注》："《武溪深》，马援为南征之所作。援门生袁寄生善吹笛，援作歌以和之。"《后汉书·马援传》："建武二十四年（公元48年）刘尚击武陵五溪蛮夷，深入军没，援因复请行，时六十二。明年三月，进营壶头，贼乘高守隘，水疾，船不得上。会暑甚，士卒多疫死，援亦中病，遂困。贼每升险鼓噪，援辄曳足以观之，左右哀其壮意，莫不为之流涕。"（节引）此篇盖作于是时。与后曹操《苦寒行》，同其悲壮。《柳亭诗话》云："乐府有《武溪深》曲，'毒淫'二字写尽蛮烟瘴雨之酷。即'仰视飞鸢跕跕落水中'意，却只如是而止，更不旁及一语。觉后人《从军行》铺张扬厉，未免过情。"

羽 林 郎
辛延年

　　昔有霍家奴，姓冯名子都。依倚将军势，调笑酒家胡。胡姬年十五，春日独当垆。长裾连理带，广袖合欢襦。头上蓝田玉，耳后大秦珠。两鬟何窈窕，一世良所无。一鬟五百万，两鬟千万余。不意金吾子，娉婷过我庐。银鞍何煜爚，翠盖空踟蹰。就我求清酒，丝绳持玉壶。就我求珍肴，金盘脍鲤鱼。贻我青铜镜，结我红罗裾。不惜红罗裂，何论轻贱躯！男儿爱后妇，女子重前夫。人生有新故，贵贱不相逾。多谢金吾子，私爱徒区区！

此篇作者身世不详，《玉台》列班婕妤《怨歌行》前，以诗之风格论，殆东汉时人。羽林郎，武帝时置。颜师古云：“羽林，宿卫之官，言其如羽之疾，如林之多。”后白居易之《神策军》，命题盖仿此。

　　《乐府正义》云：“汉以南、北二军相制。南军，卫尉主之，掌宫城门内之兵。北军，中尉主之，掌京城门内之兵。武帝增置期门、羽林，以属南军。增置八校以属北军，更名中尉为执金吾。南军掌宿卫，当时以二千石以上子弟……充之，期门、羽林亦以六郡良家子选给，未有如冯子都其人者。自太尉勃以北军除吕氏，于是北军势重。武帝用兵四夷，发中尉之卒，远击南粤，后又增置八校，募知胡事者为胡骑，知越事者为越骑，武骑纷然，将骄兵横，殆盛于南军矣。光武所以有‘仕宦当至执金吾’之云也。题曰《羽林郎》，本属南军，而诗云‘金吾子’，则知当时南、北军制败坏，而北军之害为尤甚也。案后汉和帝永元元年（公元89年）以窦宪为大将军，窦氏兄弟骄纵，而执金吾（窦）景尤甚，奴客缇骑，强夺财货，篡取罪人，妻略妇女，商贾闭塞，如避寇仇。此诗疑为窦景而作。盖托往事以讽今也。”其言甚确。所引窦氏兄弟事，见《后汉书·窦宪传》，传并云"有司畏懦，莫敢举奏"。则其势之炙手可热，不难想见。此正诗人之所以不能已于言者。

霍家奴，《玉台》《乐府》"奴"并作"姝"。《古乐府》作"奴"。丁福保则谓作姝者是，古士之美者亦曰姝，如彼姝者子。案《汉书·霍光传》"光爱幸监奴冯子都"，又"使苍头奴上朝谒，莫敢谴者"。自以作"奴"为是。《汉官仪》云："执金吾，缇骑二百人。"篇中金吾子，当指缇骑之属，所谓奴，亦未必即家奴也。《后汉书·马援传》："伏波（马援为伏波将军）类西域贾胡，到一处辄止。"注云："言似商胡，所至之处辄停留。"此酒家胡，疑为当时之贾胡，非必女子之姓。张荫嘉曰："不惜红罗裂，何论轻贱躯，言其势可畏。若不惜此红罗之裂者，轻贱之躯，几难保矣！"

饮马长城窟行 （瑟调曲）
蔡邕

青青河畔草，绵绵思远道。远道不可思，宿昔梦见之。梦见在我傍，忽觉在他乡。他乡各异县，展转不相见。枯桑知天风？海水知天寒？入门各自媚，谁肯相谓言？客从远方来，遗我双鲤鱼。呼儿烹鲤鱼，中有尺素书。长跪读素书，书中竟何如？上言加餐饭，下言长相忆。

　　此篇《文选》作古辞，《玉台》作蔡邕，《蔡中郎集》亦载。首八句，两句一韵，一韵一转，在诗歌中亦属创格。"枯桑"二句为比，古今无异议，惟所比为何，则解说纷然。朱嘉徵曰："白乐天云：诗有隐一字而意自见者，海水知天寒，言不知也。"此解独得。盖二句正言若反，犹云枯桑岂知天风？海水岂知天寒？以喻人情浇薄，莫知我艰也！曹植诗云："狐裘足御冬，焉念无衣客？"杜甫云："江上形容吾独老，天边风俗自相亲！"炎凉之感，正所谓"古来共如此"者也。"自媚"，犹"自相亲"矣。

　　鲤鱼素书者，黄晦闻先生曰："《诗·桧风》：'谁能烹鱼，溉之釜鬵。谁将西归，怀之好音。'烹鱼得书，古辞借以为喻。注者或言鱼腹中有书，或言汉时书札以绢素结成双鲤，或言鱼沉潜之物，以喻隐秘，皆望文生义。

未窥诗意所出。"（后来诗词中每以鱼或鲤鱼代指书信，即本此诗。）

梁 甫 吟 （楚调曲）
诸葛亮

步出齐城门，遥望荡阴里。里中有三墓，累累正相似。问是谁家墓，田疆古冶子。力能排南山，文能绝地纪。一朝被谗言，二桃杀三士。谁能为此谋？国相齐晏子！

《三国志》本传："诸葛亮躬耕陇亩，好为《梁甫吟》。"《乐府诗集》云："梁甫，山名，在泰山下。《梁甫吟》盖言人死葬此山，亦《葬歌》也。"东汉以来，特好《挽歌》，虽宴饮嫁娶亦喜用之（见前西汉民间乐府）。孔明之好为《梁甫吟》，度亦爱其声调耳。此篇《艺文类聚》题诸葛亮作，后人颇多怀疑，然以诗而论，殆非武侯一流人物不办。"谁能为此谋，国相齐晏子！"不着议论，而含意无尽，真乃春秋笔法。

　　　　　　　　　　　　历代乐府选评

此篇本事见《晏子春秋》，兹节录如下："公孙接、田开疆、古冶子，事景公以勇力闻。晏子过而趋，三子者不起，晏子入见，请公使人馈之二桃曰：'三子何不计功而食桃？'公孙曰：'接一搏猏，再搏乳虎，功可以食。'田曰：'吾伏兵而却三军者再，功可以食。'古冶子曰：'吾尝从君济于河，鼋衔左骖以入砥柱之流，当是时也，冶少不能游，潜行逆流百步，顺流九里，得鼋而杀之，左操骖尾，右挈鼋头，鹤跃而出津，人皆曰河伯也，若冶之功，可以食桃矣！'二子曰：'吾勇不子若，功不子逮，取桃不让，是贪也。然而不死，无勇也。'皆反其桃，挈领而死。古冶子曰：'二子死之，冶独生之，不仁。耻人以言，而夸其声，不义。恨乎所行，不死，无勇。'亦反其桃，挈领而死。公葬以士礼焉。"《一统志》："三士墓在临淄县治南。"《诗·南山》"南山崔崔"，《毛传》："南山，齐南山也。"《庄子》："此剑上决浮云，下绝地纪。"《唐书·天文志》："云汉自坤抵艮为地纪。"又《礼记》："义理，礼之文也。"三子者本有勇而无文，而谓之"文能绝地纪"者，亦言其忠义之气足以贯绝地纪耳。

杜甫《登楼》诗："可怜后主还祠庙，日暮聊为《梁甫吟》。"萧涤非先生注："《梁甫吟》是挽歌一类的歌曲。《三国志》说诸葛亮好为《梁甫吟》，是说他欢喜唱这种曲子，后人把现存的一首《梁甫吟》题为诸葛亮作，是错误的。这里的'梁甫吟'，即指这首《登楼》诗。"（《杜甫诗选注》，人民文学出版社1979年版，220页。）

孔雀东南飞　并序

无名氏

汉末建安中，庐江府小吏焦仲卿妻刘氏，为仲卿母所遣，自誓不嫁，其家逼之，乃投水而死。仲卿闻之，亦自缢于庭树。时人伤之，为诗云尔。

孔雀东南飞，五里一徘徊。"十三能织素，十四学裁衣。十五弹箜篌，十六诵诗书。十七为君妇，心中常苦悲。君既为府吏，守节情不移。贱妾留空房，相见常日稀。鸡鸣入机织，夜夜不得息。三日断五匹，大人故嫌迟。非为织作迟，君家妇难为。妾不堪驱使，徒留无所施。便可白公姥，及时相遣归!"

府吏得闻之，堂上启阿母："儿已薄禄相，幸复得此妇。结发同枕席，黄泉共为友。共事二三年，始尔未为久。女行无偏斜，何意致不厚?"阿母谓府吏："何乃太区区! 此妇无礼节，举动自专由。吾意久怀忿，汝岂得自由! 东家有贤女，自名秦罗敷。可怜体无比，阿母为汝求。便可速遣之! 遣去慎勿留!"府吏长跪告："伏惟启阿母。今若遣此妇，终老不复取!"阿母得闻之，槌床便大怒："小子无所畏，何敢助妇语! 吾已失恩义，会不相从许!"

府吏默无声，再拜还入户;举言谓新妇，哽咽不能语："我自不驱卿，逼迫有阿母。卿但暂还家，吾今且报府。不久当归还，还必相迎取。以此下心意，慎勿违我语!"新妇谓府吏："勿复重纷纭。往昔初阳岁，谢家来贵门。奉事循公姥，进止敢自专? 昼夜勤作息，伶俜萦苦辛。谓言无罪过，供养卒大恩。仍更被驱遣，何言复来还? 妾有绣腰襦，葳蕤自生光。红罗复斗帐，四角垂香囊。箱帘六七十，绿碧青丝绳。物物各自异，种种在其中。人贱物亦鄙，不足迎后人。留待作遗施，于今无会因。时时为安慰，久久莫相忘！"

鸡鸣外欲曙，新妇起严妆。著我绣夹裙，事事四五通。足下蹑丝履，头上玳瑁光。腰若流纨素，耳著明月珰。指如削葱根，口如含朱丹。纤纤作细步，精妙世无双。上堂拜阿母，阿母怒不止。"昔作女儿时，生小出野里。本自无教训，兼愧贵家子。受母钱帛多，不堪母驱使。今日还家去，念母劳家里。"却与小姑别，泪落连珠子："新妇初来时，小姑始扶床。今日被驱遣，小姑如我长。勤心养公姥，好自相扶将！初七及下九，嬉戏莫相忘！"

出门登车去，涕落百余行。府吏马在前，新妇车在后。隐隐何甸甸，俱会大道口。下马入车中，低头共耳语："誓不相隔卿！且暂还家去，吾今且赴府。不久当还归，誓天不相负！"新妇谓府吏："感君区区怀。君既若见录，不久望君来。君当作磐石，妾当作蒲苇。蒲苇纫如丝，磐石无转移。我有亲父兄，性行暴如雷。恐不任我意，逆以煎我怀。"举手长劳劳，二情同依依。

入门上家堂，进退无颜仪。阿母大拊掌："不图子自归！十三教汝织，十四学裁衣。十五弹箜篌，十六知礼仪。十七遣汝嫁，谓言无誓违。汝今何罪过，不迎而自归？"兰芝惭阿母："儿实无罪过！"阿母大悲摧。

还家十余日，县令遣媒来："云有第三郎，窈窕世无双。年始十八九，便言多令才。"阿母谓阿女："汝可去应之！"阿女含泪答："兰芝初还时。府吏见丁宁：结誓不别离。今日违情义，恐此事非奇！自可断来信，徐徐更谓之。"阿母白媒人："贫贱有此女，始适还家门。不堪吏人妇，岂合令郎君？幸可广问讯，不得便相许。"媒人去数日，寻遣丞请还："说有兰家女，承籍有宦官。云有第五郎，骄逸未有婚。遣丞为媒人，主簿通语言：'直说太守家，有此令郎君！既欲结大义，故遣来贵门。'"阿母谢媒人："女子先有誓，老姥岂敢言？"阿兄得闻之，怅然心中烦。举言谓阿妹："作计何不量：先嫁得府吏，后嫁得郎君。否泰如天地，足以荣汝身。不嫁义郎体，其往欲何云?!"兰芝仰头答："理实如兄言。谢家事夫婿，中道还兄门。处分适兄意，那得自任专！虽与府吏要，渠会永无缘。登即相许和，便可作婚姻！"

媒人下床去，诺诺复尔尔。还部白府君："下官奉使命，言谈大有缘。"府君得闻之，心中大欢喜。视历复开书，便利此月内，六合正相应。良吉三十日，今已二十七，卿可去成婚。交语速装束，络绎如浮云。青雀白鹄舫，四角龙子幡。婀娜随风转，金车玉作轮。踯躅青骢马，流苏金镂鞍。赍钱三百万，皆用青丝穿。杂彩三百匹，交广市鲑珍。从人四五百，郁郁登郡门。阿母谓阿女："适得府君书，明日来迎女。何不作衣裳，莫令事不举！"阿女默无声，手巾掩口啼，泪落便如泻。移我琉璃榻，出置前窗下。左手持刀尺，右手执绫罗。朝成绣袂裙，晚成单罗衫。晻晻日欲暝，愁思出门啼。府吏闻此变，因求假暂归。未至二三里，摧藏马悲哀。新妇识马声，蹑履相逢迎。怅然遥相望，知是故人来。举手拍马鞍，嗟叹使心伤："自君别我后，人事不可量。果不如先愿，又非君所详。我有亲父母，逼迫兼弟兄。以我应他人，君还何所望！"府吏谓新妇："贺卿得高迁！磐石方且厚，可以卒千年。蒲苇一时纫，便作旦夕间。卿当日胜贵，吾独向黄泉！"新妇谓府吏："何意出此言！同是被逼迫，君尔妾亦然！黄泉下相见，勿违今日言！"执手分道去，各各还家门。生人作死别，恨恨那可论？念与世间辞，千万不复全！

府吏还家去，上堂拜阿母："今日大风寒。寒风吹树木，严霜结庭兰。儿今日冥冥，令母在后单。故作不良计，勿复怨鬼神。命如南山石，四体康且直。"阿母得闻之，零泪应声落："汝是大家子，仕宦于台阁。慎勿为妇死，贵贱情何薄！东家有贤女，窈窕艳城郭。阿母为汝求，便复在旦夕。"府吏再拜还，长叹空房中，作计乃尔立。转头向户里，渐见愁煎迫。

其日牛马嘶，新妇入青庐。奄奄黄昏后，寂寂人定初。"我命绝今日，魂去尸长留。"揽裙脱丝履，举身赴清池。府吏闻此事，心知长别离。徘徊庭树下，自挂东南枝。

两家求合葬，合葬华山傍。东西植松柏，左右种梧桐。枝枝相覆盖，叶叶相交通。中有双飞鸟，自名为鸳鸯。仰头相向鸣，夜夜达五更。行人驻脚听，寡妇起彷徨。多谢后世人，戒之慎勿忘！

此篇首载《玉台新咏》，题为《古诗为焦仲卿妻作》（《乐府诗集》入《杂曲歌词》），其篇首有序。全诗长达一千七百余字。东汉文人乐府，自班婕妤外，凡得九人。

汉末无名氏之杰作《孔雀东南飞》，其作者虽佚名，然要必出于文人（但非一人）之手，如辛延年、宋子侯之流，则绝无可疑。故不归之民间乐府，而从徐陵所编《玉台新咏》作"无名人"，以明民间乐府之影响焉。

全篇浑朴自然，犹是汉时风骨，惟以情事既奇，篇章复巨，而又历时久远，转相传写之间，不免失却几分本来面目，一犹长江大河，奔流万里，势必挟泥沙而俱下，则亦事或有之，不足为异。

《艺苑卮言》曰："《孔雀东南飞》，质而不俚，乱而能整，叙事如画，叙情如诉，长篇之圣也！"陈胤倩曰："历述十许人口中语，各各肖其声情，神化之笔也！"李子德曰："叙事敷辞，俱臻神品！"实则所谓神，所谓圣，总不外情理二字，无情则理无所寄，然理失则情亦违！此诗之感人，即在合乎理而得乎情事之真。例如"低头共耳语"数句，与上"举言谓新妇"数句，虽大体相同，然情有深浅，语有缓急，文有繁略，不但不可互易，抑亦各各不能增减。盖前后境地不同，心情自异也。又如"却与小姑别，泪落连珠子"，须知"上堂拜阿母"时，便已有了此泪，然向阿母落，则为不近情理，为不合兰芝个性。又如写兰芝被遣，云"还家十余日，县令遣媒来"，"十余日"三字，便甚有分寸，大有道理。与古所谓"出妇嫁于乡曲者良妇也"（见《史记·张仪传》）同义。又下文云"阿女含泪答"，含泪得是！曰"兰芝仰头答""登即相许和"，仰头得是！登即得是！盖前答对母，是初次危机，故犹存希冀之心。后答对兄，是再度逼迫，已心知无望，故态度亦转入于决绝倔强。此等处，正所谓"叙事如画"者。（《通鉴·唐纪》五十七："（田）弘正闻之，笑曰：'是（指刘悟）闻除改，登即行矣，何能为哉！'胡三省注：'言登时即行也。'盖犹今言马上或立即，乃汉以后口语，唐宋元明清诗文小说中仍多有之。"）

此篇与后来北朝之《木兰诗》，唐韦庄之《秦妇吟》，可称为乐府中之三杰。胡应麟谓："五言之赡，极于《焦仲卿妻》，杂言之赡，极于《木兰》。"使胡氏而获见《秦妇吟》，吾知其必继之曰："七言之赡，极于《秦妇吟》"。靳荣藩云："庐江小吏一首，述各人语气，有焦仲卿语，有仲卿妻语，有仲卿母语，有仲卿妻母语，有仲卿妻兄语，有县令语，有主簿语，有府君语，有作诗者自己语，沓杂淋漓，或繁或简，或因其繁而更繁之，或因其简而更简之，水覆山重，曲折入妙，诗中创格也。"（《吴诗集览》引）信然。

在汉乐府抒情一类中，最可注意者，厥为描写夫妇情爱一类作品。南朝清商曲，多男女相悦及女性美之刻画，汉时则绝少此种。盖两汉实为儒家思想之一尊时期，其男女之间，多能以礼义为情感之节文。读上《君子行》亦可见。故其所表现之女性，大率温厚贞庄，与南朝妖冶娇羞，北朝之决绝刚劲者，歧然不同。如云"他家但愿富贵，贱妾与君共餔糜"，如云"若生当相见，亡者会黄泉"，如云"愿得一心人，白头不相离""使君自有妇，罗敷自有夫"之类，皆忠厚之至也。故即就此点以观，《孔雀东南飞》，亦决不能作于六朝。无他，风格太不类耳！〔乾按，乐府古辞《古艳歌》："孔雀东飞，苦寒无衣。为君作妻，中心恻悲。夜夜织作，不得下机。三日载疋，尚言吾迟。"（见逯钦立《先秦汉魏晋南北朝诗》汉诗卷十）此首似为《孔雀东南飞》的本辞，抑或原作。抄录于此，以供对读。其中，"吾迟"一语，当为汉人口语，亦可谓《东门行》"吾去为迟"一句的省语。又，梁简文帝萧纲《咏中妇织流黄》诗："翻花满阶砌，愁人独上机。浮云西北起，孔雀东南飞。"可见此诗影响之大。有一则逸闻，说陆侃如先生年轻时，有人问他："为什么'孔雀东南飞'？"他答曰："西北有高楼。"用《古诗十九首》里的名句，灵机一动，但"孔雀东南飞"，又与"高楼"何干？顺便说说，聊供谈资。]

魏吴乐府

短　歌　行
曹操

　　对酒当歌，人生几何？譬如朝露，去日苦多。慨当以慷，忧思难忘。何以解忧？惟有杜康。青青子衿，悠悠我心。但为君故，沉吟至今。呦呦鹿鸣，食野之苹。我有嘉宾，鼓瑟吹笙。明明如月，何时可掇？忧从中来，不可断绝。越陌度阡，枉用相存。契阔谈宴，心念旧恩。月明星稀，乌鹊南飞。绕树三匝，何枝可依？山不厌高，水不厌深。周公吐哺，天下归心。

　　四言简短，易为板垛，而操此作，不惟语句自然，

　　　　　　　　　　　　　　　　　历代乐府选评

且气魄雄伟，音调壮阔，故不可及。钟伯敬《古诗归》曰："四言至此，出脱《三百篇》殆尽，此其心手不粘滞处。'青青子衿'二句，'呦呦鹿鸣'四句，全写《三百篇》，而毕竟一毫不似。其妙难言。"论亦良确。此篇大意，似在延揽人才。曰"但为君故"，念人才也。曰"何时可掇"，言人才之不易得也。曰"何枝可依"，喻贤者之择主而仕也。末以周公自比，始说出本意。

魏乐府皆有主名，复各有家数。操字孟德，沛国谯郡人。少机警，有权数，任侠放荡，不治行业。年二十举孝廉为郎，尝散家财合义兵以诛董卓。建安元年（公元196年），迁汉都于许，自为大将军，历任丞相，封魏王。建安二十五年（公元220年）卒，年六十六。曹丕代汉，追谥武皇帝，庙号太祖。其《述志令》云："设使国家无有孤，不知当几人称帝，几人称王。"盖霸者之流也。其乐府诗歌亦如之。

操实一政治家与军事家而非诗人，然以性爱辞章，兼善音乐，故凡心志之所存，情思之所感，皆于乐府焉发之。自东汉以来，作者非一，然致力之勤，作品之富，实以操为第一人。张华《博物志》："蔡邕善音乐，冯翊山子道、王九贞、郭凯等善围棋，太祖皆与埒能。"又《曹瞒传》："太祖为人佻易，无威重，好音乐，倡优在侧，常以日达夕。"《宋书·乐志》亦云："《但歌》四曲，出自汉世，无弦节作伎，最先一人唱，三人和，魏武帝尤好之。"所谓"但歌"，盖即不合乐之徒歌，相当于今所谓"清唱"，梁简文帝《戏赠丽人》诗："但歌聊一曲，鸣弦未肯张。"又王僧孺《咏姬人》诗："窈窕宋容华，但歌有清曲。"皆其证。足见操爱好音乐之笃。故《魏书》云："太祖登高必赋，及造新诗，被之管弦，皆成乐章。"则其成功，盖亦深有得于音乐之助也。

操所作凡二十一首，计有杂言、五言、四言三体，而四言尤工。刘潜夫曰："四言尤难，《三百篇》在前故也。"叶水心曰："五言而上，世人往往极其才之所至，而四言虽文辞巨伯，辄不能工。"顾操所作，独能得心应手，运转自如，"于《三百篇》外，自开奇响"，此其所以为千古绝唱也。

"对酒当歌"之"当"，向有二说：一说"当"是当对之当，赵翼《陔余丛考》云："曹操对酒当歌，当字今作'宜'字解，然诗与'对'字并言，则其意义相类。

《世说》'王长史语不大当对'，言其非敌手也。元微之《寄白香山书》有'当花对酒'之语，《学斋呫哔》载《古镜铭》有云'当眉写翠，对脸傅红'。是当字皆作对字解，曹诗正同此例。今俗尚有'门当户对'之语。"另一说则解"当"为该当之当，王世贞《艺苑卮言》云："古乐府'悲歌可以当泣，远望可以当归'，二语妙绝。老杜'玉佩仍当歌'，当字出此，然不甚合作，用脩（杨慎）引孟德'对酒当歌'，云'子美一阐明之，不然，读者以为该当之当矣'，大聩聩可笑。孟德正谓遇酒即当歌也。下云'人生几何'？可见矣。若以对酒当歌，作去声，有何趣味？"今按二说均可通，唐宋人对此句之理解已自有分歧。李白诗"惟愿当歌对酒时，月光长照金樽里"，此以当为当对之当者；柳永词"也拟疏狂图一醉，对酒当歌，强乐还无味"，此又以当为该当之当矣。惟作"当对"解，则歌乃听他人歌；而作"该当"解，则歌应理解为自歌，此其别耳。

步出夏门行 （一曰《碣石篇》）（选二）

曹操

其一

东临碣石，以观沧海。水何澹澹，山岛竦峙。树木丛生，百草丰茂。秋风萧瑟，洪波涌起。日月之行，若出其中，星汉灿烂，若出其里。幸甚至哉，歌以咏志。

其四

神龟虽寿，犹有竟时。腾蛇乘雾，终为土灰。老骥伏枥，志在千里。烈士暮年，壮心不已。盈缩之期，不但在天。养怡之福，可得永年。幸甚至哉，歌以咏志。

朱嘉徵《乐府广序》曰："《陇西行》歌《碣石》，魏公北征乌桓（在今内蒙古自治区）时作。"朱乾《乐府正义》曰："魏武乌桓之役，履危蹈险，殊非怡养之福。军还之日，科问前谏者皆厚赏之，曰：孤前乘危以徼幸，不可以为常，诸君之谏，万安之计，是以相赏。'永年'之云，皆警心于事定也。"操征乌桓事在建安十二年（公元207年），而还邺则在十三年春正月，此篇当作于还邺后，时操年已五十四，故有"老骥"之叹。《世说新语·豪爽》篇载：王处仲每酒后辄咏"老骥伏枥"四语，以如意打唾壶，壶口尽缺。足见其感人之深。胡应麟曰："汉高帝《鸿鹄歌》，是'月明星稀'诸篇之祖，非雅颂体也。然气概横放，自不可及，后惟孟德'老骥伏枥'四语，奇绝足当。"魏初，《文王》《伐檀》《驺虞》《鹿鸣》四诗音节尚存，操之好为四言，当与此有关。由操而下，若曹丕、曹植诸人，所作亦多，至晋荀勖且欲定四言为一尊，其所造晋歌，悉为四言，皆缘受曹操之影响也。惟自《三百篇》后，四言之体已弊，虽有曹操之崛起，亦不过如回光返照而已。

曹操乐府，其高处似纯在以气胜，前人谓为"跌宕悲凉""沉雄俊爽"，殆即以此。盖其雄才大略，足以骄其气，其势位之隆高，足以吐其气，而其生活之变动，治军三十年，足迹所至，南临江，东极海，西上散关，北登白狼，又足以充其气也。故钟伯敬曰："英雄帝王，未必尽不读书，而其作诗之故，不尽在此。志大而气从之，气至而笔与舌从之，难与后世文士道。"范大士亦曰："三曹惟阿瞒最为雄杰，熟读其诗，自然增长气力。"盖非无见也。

燕 歌 行 （选一）

曹丕

其二

别日何易会日难？山川悠远路漫漫。郁陶思君未敢言，寄声浮云往不还。涕零雨面毁容颜，谁能怀忧独不叹？展诗清歌聊自宽，乐往哀来摧心肝。耿耿伏枕不能眠，披衣出户步东西。仰看星汉观云间，飞鸧晨鸣声可怜，留连顾怀不能存。

继轨曹操而肆力于乐府歌辞且有新贡献者为曹丕。丕字子桓，操长子，史云丕"八岁能属文，天资文藻，下笔成章，好文学，以著述为务"。建安二十五年代汉即帝位，黄初七年（公元226年）卒，年四十，谥曰文帝。

丕不独为一文学创作者，且为一文学批评者，其《典论·论文》，实为我国文学批评史上第一篇有系统之文字。两汉重在明经，诗赋小道，每不屑为，虽东汉作者渐多，然其观念，仍无改变，观蔡邕所上封事，谓："书画辞赋，才之小者，匡理国政，未有其能。陛下（灵帝）即位之初，先涉经术，听政余日，观省篇章，聊以游意，当代博弈，非以教化取士之本。"至以辞赋与博弈等量齐观，即其验也。而丕作《典论·论文》，乃云："盖文章经国之大业，不朽之盛事，年寿有时而尽，荣乐止乎其身，二者必至之常期，未若文章之无穷！"遂一反前此睥睨文学之态度，建安文学之昌盛，丕之提倡，与有力焉。

前此歌诗，无全篇七言者。《大风》《垓下》，并带兮字，《安世》《铙歌》，只间有一二，惟《郊祀歌》大衍七言，有连用至十余句者，但亦非全作。《汉书·东方朔传》载朔有"八言、七言上下"，晋灼注谓"八言、七言诗各有上下篇"。又《后汉书·东平宪王苍传》："诏告中傅封上苍自建武以来章奏，及所作书记、赋、颂、七言、别字、歌诗、并集览焉。"所谓七言，是否通体脱尽楚调，其文久佚，难知究竟。《柏梁台诗》虽属通体七言，然系联句，不出一人之手，其真伪复成问题。他如李尤《九曲歌》只存"年岁晚暮时已斜，安得力士翻日车"二句，是否全篇，亦不得而知。至若张衡《四愁》，虽具体而微，然首句尚用"兮"字，究仍不脱楚调。是故传世七言、不用分字，且出于一人手笔者，实以曹丕《燕歌行》二首为嚆矢！萧子显《南齐书·文学传论》云："魏文之丽篆，七言之作，非此谁先？"子显，梁时人，其时诗之总集多存，据《隋书·经籍志》，则晋有荀绰之《古今五言诗美文》五卷，宋有谢灵运之《诗集》五十卷，张敷、袁淑之《补谢灵运诗集》百卷，颜竣之《诗集》百卷，明帝之《诗集》四十卷，张永之《乐府歌诗》十二卷，《乐府歌辞》九卷，不著撰人姓氏之《古诗集》九卷。除荀绰所集，曾标明五言外，其余当为各体并收，今凡此诸书，虽皆亡佚，不可复见，然当齐、梁之世，固一一具存，如其中所载，前夫魏文已有纯粹七言之作，则萧子显不当云"七言之作，非此谁先"矣，此理之至明者。然则以曹丕为七言之鼻祖，盖早在千余年之前，不自吾人今日始也。

虽然，丕对于文学之最大贡献，乃不在此批评方面，而在其能继《郊祀歌》之后，而完成纯粹之七言诗体，不仅为乐府产生一新体制，实亦为吾国诗学界开一新纪元。尽管《行路难》十九首，下开隋唐七言歌行之先路，为七言演进中之又一大转变。而有唐之世，则七言歌行外，更有七言绝、七言律、七言排律诸体之兴起，于是七言始获充分之发展，骎骎乎驾五言而上之，为诗坛放一异彩，辟一奇境。然而饮水思源，吾人诚不能不归功致美于曹丕之《燕歌行》焉。

野田黄雀行

曹植

高树多悲风，海水扬其波。利剑不在掌，结友何须多！不见篱间雀，见鹞自投罗。罗家得雀喜，少年见雀悲。拔剑捎罗网，黄雀得飞飞。飞飞摩苍天，来下谢少年。

《文心·隐秀》篇云："陈思之《黄雀》，公干之《青松》，格高才劲，而并长于讽谕。"所谓长于讽谕者，《文心》未之明言。胡适之《白话文学史》则谓"此为子建爱自由，思解放之一种心理表现"，恐非诗意所在。自文帝即位，子建友人，先后被戮，玩利剑二句，当系悼友之作。盖深痛己之不能如少年拔剑捎网以救此投罗之雀也。例如本传云："文帝即王位，诛丁仪、丁廙，并其男口。"注引《魏略》曰："仪与临菑侯（植）亲善，数称其奇才，太祖（操）既有意欲立植，而仪又共赞之，及太子立，遂因职事收付狱，杀之。"又《魏志·杨俊传》："初，临菑侯与俊善，太祖适嗣未定，密访群司，俊虽并论文帝、临菑才分所长，不适有所据当，然称临菑犹美。文帝常以恨之。黄初三年……收俊，尚书仆射司马宣王、常侍王象、荀纬请俊，叩头流血，帝不许。俊曰：吾知罪矣！遂自杀。众冤痛之。"观此，则知当日与子建稍有瓜葛者，亦必置之死地而后已。子建友谊素笃，杨俊之死，《传》言众冤痛之，其在子建，又当如何疚心？出之讽谕，非得已也。

文帝自为太子时，即已深忌子建，徒以武帝尚在，隐而未发。故一旦践位，即日以杀植为事。始则诛其党羽，继且残及手足，危机四伏，动辄得咎，此七年间（公元220—227年），子建殆无日不在惊涛骇浪之中。而怀才莫展，忠不见信，尤所痛心。基于此种环境之陡变，而乐府内容与情调遂亦大异厥初。大抵初期所咏，不出人间，齐讴楚舞，犹是贵族本色。而此期则多言游仙与孤妾逐妇之不幸生活。初期写法，不外铺陈其事而直言之，而此期则往往索物寄情，引类譬喻，其有叙事如《圣皇篇》者，亦极掩抑吞吐之致。故此期所作，莫不有其弦外之音，言外之意。盖情不能已，而势或难言，亦事理所必然者。至于子建第一期乐府之略可指数者，虽不能视为子建之代表作，然而素富贵而不淫，居燕安而不溺，其心胸怀抱，固亦可见焉。

美 女 篇

曹植

美女妖且闲，采桑歧路间。柔条纷冉冉，落叶何翩翩。攘袖见素手，皓腕约金环。头上金爵钗，腰佩翠琅玕。明珠交玉体，珊瑚间木难。罗衣何飘飘，轻裙随风还。顾盼遗光彩，长啸气若兰。行徒用息驾，休者以忘餐。借问女安居？乃在城南端。青楼临大路，高门结重关。容华耀朝日，谁不希令颜？媒氏何所营，玉帛不时安？佳人慕高义，求贤良独难。众人徒嗷嗷，安知彼所欢？盛年处房中，中夜起长叹！

叶燮《原诗》云："《美女篇》，意致幽渺，含蓄隽永，音韵节度，皆有天然姿态，层层摇曳而出，使人不可仿佛端倪，固是空千古绝作。后人惟杜甫《新婚别》可以伯仲，此外谁能学步？"此篇写美女妆饰情态，与汉民间乐府《陌上桑》及辛延年《羽林郎》，无甚差异，且有因袭之处，如"行徒"二句，便从《陌上桑》"行者见罗敷"数语脱变而来。然前二篇为赋，文尽于事，而此篇则为比，意在言表。在前二篇中，罗敷不过一采桑少妇，胡姬亦不过一当垆女郎，有情性，无意志，而此篇中之美女，则因其为作者之化身，乃兼有作者之意志。故《陌上桑》《羽林郎》风趣盎然，自是乐府本色，而《美女篇》则不免改观。此种改观处，亦即子建微露其本相处，汉魏不同，是亦一端也。

怨　歌　行 （二首）
曹植

其一

明月照高楼，流光正徘徊。上有愁思妇，悲叹有余哀。借问叹者谁？自云宕子妻。君行逾十年，孤妾常独栖。君若清路尘，妾若浊水泥。浮沉各异势，会合何时谐。愿为西南风，长逝入君怀。君怀良不开，贱妾当何依？

子建于文帝为同母弟，而浮沉异势，不相亲与。故往往托之孤妾弃妇以见意。即《当墙欲高行》"愿欲披心自说陈，君门以九重，道远河无津"之旨也。严沧浪谓"诗对句好易，起句好难，而结句好尤难"。子建此诗，可谓起结俱佳。后半连用两比，愈出愈奇，愈转愈深。《围炉诗话》谓子建诗"高处亦在厚"，此类是也。此篇亦见《宋书·乐志》，颇多增句，《文选》题作《七哀》，今从《宋志》及《乐府诗集》。

其二

为君既不易，为臣良独难。忠信事不显，乃有见疑患。周公佐成王，金縢功不刊。推心辅王室，二叔反流言。待罪居东国，泣涕常流连。皇灵大动变，震雷风且寒。拔树偃秋稼，天威不可干。素服开金縢，感悟求其端。公旦事既显，成王乃哀叹。吾欲竟此曲，此曲悲且长。今日乐相乐，别后莫相忘。

《魏志》三："太和三年夏四月丁酉，明帝还洛阳宫。"裴注引《魏略》曰："是时讹言帝已崩，从驾群臣，迎立雍丘王植。京师自下太后群公尽惧。及帝还，皆私察颜色，下太后悲喜，欲推始言者，帝曰：'天下皆言，将何所推？'"此篇殆为此事而发者。子建于明帝为叔父，犹周公之于成王，故借二叔流言以寄慨。子建当明帝时尝屡求自试，皆不见纳，吾人于此，亦可略知其故矣。《诗镜》云："叙古如披己怀，读之觉一往之气可尚，'待罪居东国，泣涕常流连'，出意太率，圣人情事，不若是之惶遽也。"二语正作者真情自然流露处，故微现我相，不当直作咏史观。要之此篇之作，必有所感，故能"叙古如披己怀"也。末四句与上文意不相属，盖为当时听曲者设，乃系一种照例文章，汉魏乐府多有之，不可连上文串讲也。

此篇《宋书·乐志》不载。然观《晋书》八十一《桓伊传》："时谢安女婿王国宝，专利无检行，安恶其人，每抑制之。及孝武末年，嗜酒好内，于是国宝谗谀之计，得行于主相之间。而好利险诐之徒，以安功名盛极而构会之，嫌隙遂成。帝召伊饮宴，安侍坐，帝命伊吹笛，伊抚筝而歌《怨诗》（即上《怨歌行》），声节慷慨，俯仰可观，安泣下沾衿，乃越席而就之，捋其须曰：'使君于此不凡！'帝甚有愧色。"然则此篇，自东晋时已播于丝竹矣，《宋志》不收，何耶？

自表面观之，子建在明帝时期生活，似较文帝时为优，实则其中心痛苦，并未稍减，且有加无已。观前引《求自试表》，已可洞见。其《谏取诸国士息表》亦云："若陛下听臣，使解玺释绂，追柏成、子仲之业，营颜渊、原宪之事，居子臧之庐，宅延陵之宅，如此，虽进无成功，退有可守，身死之日，犹松、乔也。然伏度国朝，终未肯听臣之若是，固当羁绊于世绳，维系于禄位，怀屑屑之小忧，执无已之百念，安得荡然肆志，逍遥于宇宙之外哉！"则其进退维谷之情可见。盖明帝之于子建，虽外示尊宠，内实羁縻，其忌而不用，正与乃父同辙。而太和三年之讹言迎立，权臣司马懿之拥兵自大，尤使子建含不白之冤与社稷之痛。故此期作风，大体与第二期不殊，而声情之哀切，尤为过之。夫忧能伤人，此子建所以不得终其天年也欤。

子建乐府，大要具如上述。除《妾薄命》为六言外，其余各篇，悉属五言，谓为集五言之大成，盖不为过。

汉乐府变于魏，而子建实为之枢纽。求其迹之可得而论者，约有三点：一曰格调高雅。汉乐府采之里巷，质朴鄙俚，情趣天然，子建则多所寄托，而使乐府带有浓厚之贵族色彩，完全变为文人一己之咏怀诗！其稍有汉乐府遗意者，不过初期所作《名都》等一二篇耳。二曰文字藻丽。此固不足以尽子建，然子建之影响，乃适在是。如《名都》《美女》等作，后人即目为"修辞之章"。《文选》所录，亦多属此种。故王世贞谓"子建才敏于父兄，然不如其父兄质。汉乐府之变，自子建始"，亦得论也。三曰音律乖离。乐府主声，子建所作，多侧重文字与内容，入乐者甚少，故两汉"其来于于，其去徐徐"之韵味，亦颇缺乏。殆几与不入乐之诗打成一片矣。

间尝求之吾国文学史，其足与子建后先辉映者，吾得二人焉，曰前有屈原，后有杜甫。

七　哀

王粲

西京乱无象，豺虎方遘患。复弃中国去，委身适荆蛮。亲戚对我悲，朋友相追攀。出门无所见，白骨蔽平原。路有饥妇人，抱子弃草间。顾闻号泣声，挥涕独不还："未知身死处，何能两相完?!"驱马弃之去，不忍听此言。南登灞陵岸，回首望长安。悟彼下泉人，喟然伤心肝。

王粲字仲宣，山阳人。献帝西迁，粲徙长安，以西京扰乱，乃之荆州依刘表。后曹操辟为丞相掾，魏国既建，拜侍中。建安二十二年卒，年四十一。粲善属文，举笔便成，无所改定，时人以为宿构，为建安七子之一。所作乐府，有《从军行》《七哀》等篇。而"西京乱无象"一首，叙汉末乱离，生民涂炭之惨，尤有足感者。

《乐府古题要解》云："《七哀》起于汉末。"曹子建《怨诗行》，《文选》题作《七哀》，然则所谓《七哀》者，固乐曲之一也。

粲依刘表，时年十七，当献帝初平之三年，《后汉书·献帝纪》云："初平三年（公元192年）夏四月，诛董卓，夷三族。董卓部曲将李傕、郭汜、樊稠、张济反，攻京师。六月戊午陷长安城，吏民死者万余人。李傕杀司隶校尉黄琬、司徒王允，皆灭其族。"盖即此篇所咏。遘与搆通，豺虎谓李傕等。沈约所称"仲宣灞岸之篇"，又杜诗"群盗哀王粲""豺遘哀登楚"，皆指此作。《毛诗·曹风·下泉》序云："下泉，思治也。曹民疾共公侵刻，下民不得其所，忧而思明王贤伯也。"（吴旦生《历代诗话》云："灞陵，文帝所葬处，故接以'泉下人'，其云'悟彼泉下人，喟然伤心肝'，陶渊明诗'感彼柏下人，安得不为欢'，正同意也。今本作'下泉人'，遂谓《下泉》，《曹风》诗篇，其诗有'念彼周京'之句，正是望长安而有感。其说反觉支离。"录备参考。)

魏世乐府，虽出摹拟，而摹拟之中，往往亦具创作之意。故求其能够约略表现此一时代民间情俗社会状况之作，乃不在以乐府著称之曹氏父子，而转在曹氏父子以外之第二流作家，如王粲、阮瑀、陈琳、左延年诸人。此亦魏世之民间乐府也。

驾出北郭门行

阮瑀

驾出北郭门，马樊不肯驰。下车步踟蹰，仰折枯杨枝。顾闻丘林中，嗷嗷有悲啼。借问"啼者谁？何为乃如斯？""亲母舍我殁，后母憎孤儿。饥寒无衣食，举动鞭捶施。骨消肌肉尽，体若枯树皮。藏我空室中，父还不能知。上冢察故处，存亡永别离。亲母何可见？泪下声正嘶。弃我于此间，穷厄岂有赀？"传告后代人，以此为明规!

后母之虐，古今多有，诗歌所咏，则亦罕见。《谈艺录》云："乐府往往叙事，故与诗殊。盖叙事辞缓，则冗不精，翩翩堂前燕，叠字极促，乃佳。阮瑀《驾出北郭门》，视《孤儿行》大缓弱不逮矣!"此篇亦自平实可法，又魏世作者，或述酣宴，或伤羁旅，其能留意下层社会，敷陈民间疾苦，如此作者，殆如麟角凤毛，未可以文艺之末事少之。结作劝诫语，亦乐府之体宜尔也。

阮瑀字元瑜，陈留人。少受学蔡邕。曹操辟为司空军谋祭酒，管记室。建安十七年卒。亦为建安七子之一。

饮马长城窟行

陈琳

饮马长城窟，水寒伤马骨。往谓长城吏："慎莫稽留太原卒!""官作自有程，举筑谐汝声!""男儿宁当格斗死，何能怫郁筑长城?"长城何连连，连连三千里。边城多健少，内舍多寡妇。作书与内舍："便嫁莫留住! 善侍新姑嫜，时时念我故夫子！"报书往边地："君今出语一何鄙?!""身在患难中，何为稽由他家子？生男慎莫举，生女哺用脯。君独不见长城下，死人骸骨相撑拄?""结发行事君，慊慊心意关。明知边地苦，贱妾何能久自全?"

张荫嘉《古诗赏析》曰："往谓六句，设为卒往告吏求归，吏惟饬卒急筑，卒再与吏析辩往复之词。长城四句，言如此工程，宁有尽日，将来夫妻相聚，真绝望矣。作书六句，第一番寄答。去书但嘱'便嫁'，来书但责'何鄙'，不忍直言必死边地也。身在至末十句，第二番寄答。寄辞六句，以在祸难，说明不忍稽留之故，复言生男不如生女，用古辞语，以见己之必死边城。答辞四句，表自己之亦当从死，而夫之死，终不忍言，只以'苦'字代之，得体。"此篇误解者甚多，致标点失实，张氏之说，盖本诸其师沈德潜《古诗源》，而特见曲尽，最为可从。《太平御览》五百七十引杨泉《物理论》曰："始皇起骊山之冢，使蒙恬筑长城，死者相属，民歌曰：生男慎勿举，生女哺用脯。不见长城下，尸骸相支拄。"

此则张氏所谓"用古辞语"者。程谓课程，《汉书·景十三王传》："杵舂不中程辄掠。"师古注："程者，作之课也。"官作犹官役。"举筑"句，谓歌邪许。《淮南子·道应训》："令举大木者，前呼邪许，后亦应之。"盖言同声用力也。

长城为吾国历史上最伟大之工程，自战国以来，代有修筑，其间盖不知牺牲多少人民生命，故一见于民歌，再见于乐府。惜汉古词不传，蔡邕所作，亦未切题，其直接摹写长城给予民间之痛苦者，孔璋此作，实为首屈一指。意当时或亦有修筑长城之事，故孔璋借古题以咏之。

陈琳字孔璋，广陵人。避难冀州，袁绍使典文章，尝为檄讨曹操，丑诋操父祖，绍败后，操释前嫌，使与阮瑀并管记室。亦当时七子之一。

秦 女 休 行

左延年

步出上西门，遥望秦氏庐。秦氏有好女，自名为女休。休年十四五，为宗行复仇。左执白杨刃，右据宛鲁矛。仇家便东南，仆僵秦女休。女休西上山，上山四五里。关吏呵问女休，女休前置辞："平生为燕王妇，于今为诏狱囚。平生衣参差，当今无领襦。明知杀人当死，兄言快快，弟言无道忧。女休坚词：为宗报仇死不疑！"杀人都市中，徼我都巷西。丞卿罗列东向坐，女休凄凄曳梏前。两徒夹我持刀，刀五尺余。刀未下，朣胧击鼓赦书下。

左延年，生平无考。《宋书·乐志》称其"妙善郑声"。《晋书·乐志》亦云"黄初中，左延年以新声被宠"。约可知为一妙解音律之人。其所作杂言一首，于三曹七子外，亦别具风趣。盖叙述烈女复仇之事者。与晋傅玄《庞氏有烈妇》咏庞娥亲复仇事甚相类。惟此篇本事，别无可考，不敢遽断其为时事，抑为故事耳。

自东汉之末，私人复仇之风特炽，贤士大夫，又往往假以言辞，遂致不可遏抑。如《后汉书》六十一《苏不韦传》："不韦父谦为李暠所害，不韦乃凿地达暠寝室，杀其妻儿。复驰往魏郡，掘其父阜冢，以阜头祭父坟，又标之于市曰'李君迁父头'。嚣愤恚发病呕血死。士大夫多讥不韦发掘冢墓，归罪枯骨，不合古义。唯任城何休、方之伍员、太原郭林宗则谓：'子胥凭阖庐之威，因轻悍之卒，岂如苏子单特孑立，靡因靡资。力唯匹夫，功隆千乘，方之于员，不已优乎?'议者于是贵之。"（有删节）又如《三国志》二十四《韩暨传》："暨庸赁积资，阴结死士，遂禽陈茂，以首祭父墓。由是显名。"夫复仇，非以为名高者也，而名乃由是显，则当时习俗可知。故魏文当即位之初，即下诏禁绝。《魏志》二："黄初四年（公元223年），诏曰：今海内初定，敢有私复仇者皆族之!"观此一诏，则其风尤可见。延年此篇之作，及所咏之事，并当黄初四年以前，亦足以观一时之风俗焉。〔一〕

白杨刃者，即白杨刀，《淮南子》："羊头之销。"高诱注："白羊子刀也。"羊杨通。宛，地名。属南阳。《荀子》："宛巨铁鉠。"杨倞注："大刚曰巨。鉠，矛也。"盖其地出矛。平生为燕王妇，其事不详，想亦作者随文渲染之词，未必实有其事，观上"休年十四五"句可知，乐府中多有此种夸诞不近情理处。"弟言无道忧"者，谓上失其道为可忧也，盖弟劝阻之词。

《诗薮》云："左延年《秦女休行》，叙事真朴，黄初乐府之高者。傅玄《庞烈妇》盖效《女休》作者。词意高古，足乱东西京。乐府叙事，魏晋仅此两篇。"傅作乃叙述故事者，严格而论，实不能谓为叙事作品。至魏世一代，若上文所举王粲《七哀》、阮瑀《北郭》、陈琳《饮马》，皆不失为叙事之作，亦不得云仅延年此篇然也。

〔一〕东汉末年，报仇之事，史不绝书，今补录一二如下：《后汉书》卷八十二《崔瑗传》："初，瑗兄璋为州人所杀，瑗手刃报仇，因亡命，会赦归家。"又卷九十七《党锢列传·何颙传》："太学友人虞伟高，有父仇未报，而病笃，将终，颙往候之，伟高泣而诉，颙感其义，为复仇，以头醊其墓。"所可注意者，崔何二人皆儒生，崔且为《座右铭》之作者，并自言"柔弱生之徒，老氏诫刚强"，而亦手刃报仇，则当时社会风气可知。同书卷五十八《桓谭传》载谭上疏陈时政所宜，有云："今人相杀伤，虽已伏法，而私结怨仇，子孙相报，后忿深前，至于灭户殄业，而俗称豪健，故虽有怯弱，犹勉而行之。"谭乃东汉初人，而其言已如此，则知颂扬复仇风之形成，由来已久。此诚当时一大社会问题也。

汉 之 季

韦昭

汉之季，董卓乱。桓桓武烈应时运。义兵兴，云旗建。厉六师，罗八阵。飞鸣镝，接白刃。轻骑发，介士奋。丑虏震，使众散。劫汉主，迁西馆。雄豪怒，元恶愤。赫赫皇祖功名闻。

韦昭所改十二曲中，有与缪袭所作字数多寡、句读长短完全相同者。此盖与后来之"按字填词"无异，在韦昭前，吾人尚未之见也。此篇盖填缪袭《战荥阳》者，改汉《思悲翁》：

战荥阳，汴水陂。戎士愤怒贯甲驰。阵未成，退徐荣。二万骑，暂垒平。戎马伤，六军惊。势不集，众几倾。白日没，时晦暝。顾中牟，心屏营。

同盟疑，计无成。赖我武皇万国宁。

亦步亦趋，丝毫不爽。类此者尚有《炎精缺》《摅武师》《通荆门》三首。而《通荆门》一首，文长达百余字，亦无纤芥不合，尤足证韦昭实有意填词，而非出于一时之适然偶合。上举四篇外，其《从历数》《玄化》《伐乌林》《章洪德》四首亦属填词而成者，但与缪原作微有出入耳。

观斯二证，足见《吴鼓吹曲》渊源所自。名虽代汉，实本于魏，为确无可疑也。《汉铙歌》中杂风谣，不尽颂什，自魏而后，始专述功德（主要是武功），变为纯粹贵族乐府，而铙歌之生意尽矣。韦昭所作，内容亦无足取，惟于乐府之中，首开填词一路，要为一大特点（此与我国语言文字有关），余故表而出之。而其余诸曲，则概所从略。

世之论填词者，莫不知有唐宋，今观韦昭所作，则知此道在乐府中固早已有之，初不待唐宋也。魏世作者，已多"依前曲，作新歌"。然其所谓"依"者，但依前曲之"韵逗曲折"耳，故同属一调，而文句各别，从未有若斯之修短中程、惟妙惟肖者。然则后世所云填词之初祖，乃不在梁武帝、沈休文，更不在白居易、刘禹锡、温飞卿，而在韦昭矣。

尝试论之，此种填词办法之产生，原由于作者音乐知识之浅薄，并不能视为乐府之极则与幸事。盖斯路一启，易生取巧，凡不识乐者，亦得以因人成事。第按准前式，率由旧章，不必求之声调之本身，而所作即不难播之弦管，协于歌喉。故填词者愈多，知音者即愈少。填词之技术愈精，创调之能力斯愈弱，观乎两宋，概可知矣。然而世不乏缀文之士，而识曲者恒寡；拟声之事甚难，而填词之作易工，则厥后此道之风行，亦势所必至也。缪袭为魏之音乐家，而史不言韦昭精通音律，则其出此，或亦以济一时之穷欤？（乾按，毛泽东《满江红·和郭沫若同志》"正西风落叶下长安，飞鸣镝"即套用了韦昭此诗成句。）

晋故事乐府

庞氏有烈妇 （一曰《秦女休行》）

傅玄

庞氏有烈妇，义声驰雍凉。父母家有重怨，仇人暴且强。虽有男兄弟，志弱不能当。烈女念此痛，丹心为寸伤。外若无意者，内潜思无方。白日入都市，怨家如平常。匿剑藏白刃，一奋寻身僵。身首为之异处，伏尸列肆旁。肉与土合成泥，洒血溅飞梁。猛气上干云霓，仇党失守为披攘。一市称烈义，观者收泪并慨慷："百男何当益？不如一女良！"烈女直造县门，云："父不幸遭祸殃，今仇身以分裂，虽死情益扬。杀人当伏法，义不苟活隳旧章！"县令解印绶："令我伤心不忍听！"刑部垂头塞耳："令我吏举不能成！"烈著希代之绩，义立无穷之名。夫家同受其祚，子子孙孙，咸享其荣。今我作歌咏高风，激扬壮发悲且清。

自篇首至"令我吏举不能成"为叙述，自"烈著希代之绩"至末语为赞扬。《诗镜》云："语语生色，叙赞两工，式得其体。"信然信然。

《乐府诗集》曰："《秦女休行》，左延年辞，大略言女休为燕王妇，为宗报仇，杀人都市，虽被囚系，终以赦宥，得宽刑戮也。晋傅玄云'庞氏有烈妇'，亦言杀人报怨，以烈义称，与古词义同而事异。"此亦借古题以咏古事之类。左延年所咏，其事不传。而此篇之庞烈妇，则载在正史及私人著述，犹历历可考。郭氏《乐府》一书，于乐章之本事，搜辑甚勤，而此篇独付阙如，缘为补出，以资观览焉。庞氏复仇之事，一见于《三国志·魏志》十八《庞淯传》。一见于《后汉书》卷一百十四《列女传·庞淯母》。然陈志与范书，又皆本之皇甫谧之《列女传》者，裴注《三国志》引其全文，今节录如下：

酒泉烈女庞娥亲者，表氏庞子夏之妻，禄福赵君安之女也。君安为同县李寿所杀，娥亲有男弟三人，皆欲报仇，会遭灾疫，三人皆死。寿闻大喜，云赵氏强壮已尽，唯有女弱，何足复忧，防备懈弛。娥亲子澈出行，闻寿此言，还以启娥亲。娥亲感激愈深，怆然陨涕曰："李寿，汝莫喜也！终不活汝！"阴市名刀，志在杀寿。寿为人凶豪，比邻有徐氏妇，忧娥亲不能制，恐逆见中害，每谏止之。娥亲谓左右曰："卿等笑我，直以我女弱不能杀寿故也。门户泯绝，而娥亲犹在，岂可假手于人哉？要当以寿颈血污我刀刃，令汝辈见之！"遂弃家事，乘鹿车伺寿，至光和二年（公元 179 年）二月上旬，以白日清时，于都亭之前，与寿相遇。便下车，奋刀砍之，并伤其马，马惊，寿挤道边沟中，娥亲寻复就地砍之，探中树兰，折所持刀，寿被创未死，因拔寿所佩刀以截寿头，持诣都亭，归罪有司，徐步诣狱，辞颜不变。时禄福长，寿阳尹嘉，不忍论娥亲，即解印绶去官，弛法纵之。娥亲曰："仇塞身死，妾之明分也。治狱制刑，君之常典也。何敢贪生，以枉官法!"乡人闻之,倾城奔往,观者如堵焉,莫不为之悲喜、慷慨、嗟叹也!守尉不敢公纵,阴语使去。娥亲抗声大言曰:"枉法逃死,非妾本心,乞得归法,以全国体!"尉故不听所执,娥亲辞气愈厉,面无惧色。尉知其难夺,强载还家。凉州刺史周洪、酒泉太守刘班等并共表上,称其烈义。刊石立碑,显其门间。太常弘农张奂以束帛二十端礼之。(《后汉书》九十五《张奂传》,奂本敦煌酒泉人,后因功特听徙弘农,光和四年卒,年七十八。)海内闻之者,莫不改容赞善。故黄门侍郎安定梁宽,追述娥亲,为其作传。玄晏先生(《晋书》:谧自号玄晏先生。)以为:父母之仇,不与共天地,盖男子之所为也。而娥亲以女弱之微,奋剑仇颈,人马俱擢,塞亡父之怨魂,雪三弟之永恨,近古以来,未之有也!

《后汉书》云庞淯母字娥,不曰"娥亲"。又《三国志》云"娥父赵安",不曰"赵君安",殆缘名号之殊。光和为汉灵帝年号,光和二年(公元179年),下距皇甫谧之生汉献帝建安二十年(公元215年),盖已三十有六年，而谧之作传，自更远在是年以后，则知娥亲复仇，实为汉末魏晋间最流行之故事。玄晏别为立传，休弈又以入乐，并非纯出亲情与乡谊（休弈为北地人）。"禄福"，《后汉书·郡国志》作"福禄"，属酒泉郡，并汉凉州地，篇首云"义声驰雍凉"者以此。据《传》，娥亲兄弟三人皆遭疫病死，《后汉书》同，而此诗云"虽有男兄弟，志弱不能当"，一似未尝死者，此盖休弈之曲笔，欲借男以形女耳。故下文复托为观者之词，而云"百男何当益？不如一女良"也。

傅玄作，文字古朴，大有汉风，昔人谓其"古貌绮心，微情远境，汉后未睹其俦。乐府淋漓排荡，位置三曹，材情妙丽，似又过之"（《诗境》）。洵非虚美。惟于叙述之后，每以议论作结束，视两汉之蕴藉浑厚，终觉不侔。后世白居易《秦中吟》诸作，大率以末二语见意，盖仿休弈斯体者。（杜甫《暮秋枉裴道州手札率尔遣兴》诗云："道州手札适复至，纸长要自三过读。……使我昼立烦儿孙，令我夜坐费灯烛。"后二语句法，即本此诗"令我伤心不忍听""令我吏举不能成"。想老杜亦甚爱此诗，诵之熟，故不觉形之于文耳。）

王明君辞 并序

石崇

王明君者，本为王昭君，以触文帝讳，故改。匈奴盛，请婚于汉，元帝以后宫良家子昭君配焉。昔公主嫁乌孙，令琵琶马上作乐，以慰其道路之思，其送昭君，亦必尔也。其造新曲，多哀怨之声，故叙之于纸云尔。

我本汉家子，将适单于庭。辞诀未及终，前驱已抗旌。仆御涕流离，辕马悲且鸣。哀郁伤五内，泣泪沾朱缨。行行日已远，遂造匈奴城。延我于穹庐，加我阏氏名。殊类非所安，虽贵非所荣。父子见陵辱，对之惭且惊。杀身良不易，默默以苟生。苟生亦何聊，积思常愤盈。愿假飞鸿翼，乘之以遐征。飞鸿不我顾，伫立以屏营。昔为匣中玉，今为粪上英。朝华不足欢，甘与秋草并。传语后世人：远嫁难为情！

此篇《文选》暨《玉台新咏》并载。通首俱属代言。

起二句叙述中见书法，便有无限感慨。惟既云"将适单于庭"，此乃初出塞，而下文所云，皆至匈奴以后事，未免自相矛盾。故陈胤倩谓："既云送昭君有词，因造新曲，此初出塞，安得遽云'父子见陵辱'？每见拟古者附会古人事实，不得代言之情，多复类此，亦是大瑕。"《汉书·匈奴传》呼韩邪单于来朝，元帝以王嫱配之，生一子。株累立，复妻之，生二女。盖匈奴俗，父死乃妻其后母，陈氏之评良是。《唐书·乐志》云："《明君》，汉曲也。汉人怜其远嫁，为作此歌。晋石崇妓绿珠善舞，以此曲教之，而自制新歌。"然则此篇亦借古题而咏古事之类也。

昭君和亲，为汉代外交一大政迹，同时亦为文学上一大好题材。故古今诗人多所咏叹，而小说传闻，更多渲染焉。此事之最早记载，自推汉人所作之昭君一曲，惜其词不传。今则当以班固《汉书·匈奴传》为首见矣。然《传》亦但云："竟宁元年（公元前33年）单于来朝，自言愿婿汉氏以自亲，元帝以后宫良家子王嫱字昭君赐单于。单于欢喜，上书愿保塞上谷以西至敦煌，传之无穷。请罢边备以休天子之民。……昭君号宁胡阏氏，生一男伊屠智牙师。呼韩邪死，复株累若鞮单于复妻王昭君，生二女，长女为须卜次居，小女为当于次居。"据此段记载，吾人大约可知昭君为一绝色宫女而已。以一绝色宫女，而久不见幸，而卒至远嫁，本非人情，易生疑窦。度班固著《汉书》时，社会或有关于昭君和亲之传说，固以其言多忌讳而删之，亦未可知也。

其次，则为《后汉书·南匈奴传》。《传》云："昭君字嫱，南郡人也。初，元帝时，以良家子选入掖庭，时呼韩邪来朝，帝敕以宫女五人赐之。昭君入宫数岁，不得见御，积悲怨，乃请掖庭令求行。呼韩邪临辞，大会，帝召五女以示之，昭君丰容靓饰，光明汉宫，顾影徘徊，竦动左右，帝见大惊，意欲留之，而难于失信，遂与匈奴，生二子。及呼韩邪死，其前阏支子代立，欲妻之，昭君上书求归，成帝敕令从胡俗，遂复为后单于阏氏焉。"以与《汉书》较，则已大有增饰，诸如积怨求行，临辞惊艳，上书求归等，皆非前史之所有。然尚无画工图形，吞药自尽诸异说也。是为昭君故事正史记载之第一期。

其见于稗官小说，则有《世说》《西京杂记》《琴操》三书，而又互有出入。《世说·贤媛篇》云："汉元帝宫人既多，乃令画工图之，欲有呼者，辄披图召之，其中幸者皆行货赂。王明君姿容甚丽，志不苟求，工遂毁其状。后匈奴求和，求美女于汉帝，帝以明君充行。既召见而惜之，但名字已去，不欲中改，于是遂行。"此虽与第一期记载大相背戾，然如《世说》《杂记》所云，犹在情理之中，故杜甫《咏怀古迹》有"画图省识春风面"句，亦尝据为典实。且元帝自元帝，昭君自昭君，尚无蒙恩临幸之事也。是为昭君故事小说传闻之第二期。

至元马致远作《汉宫秋》杂剧，则集诸传说之大成而更踵事增华，将元帝、昭君二人凭空捏合，因而有灞桥惜别一段文章。其第三折载昭君道白有云："妾身王昭君自从选入宫中，被毛延寿将美人图点破，送入冷宫，甫能得蒙恩幸，又被他献与番王形像，今拥兵来索，待不去，又怕江山有失，没奈何将妾身出塞和番，这一去，胡地风霜怎生消受也。"此段自述最为简要。就中除蒙恩一层为前说所无外（庾信《王昭君》云："狎兰恩宠歇，昭阳幸御稀。"恐非有据），入番献图，拥兵来索，亦与旧说异。而入番之初，即跳江而死，与《琴操》所云吞药者亦不同。此当由马氏之临文虚构，借以激发吾民族羞恶之心者，未必其时有此传说也。是为昭君故事杂剧扮演之第三期。

大抵时代愈后，附会愈多，真相亦愈泯。然每经一度之改变，辄多一番之新意，以历史眼光观之，诚无足取信，而以文学立场论，则转觉可贵。石崇此篇，第悲昭君之远嫁，未及其他，自属第一期传说中之作品。若梁简文帝："画工偏见诋，无由情恨通。"隋薛道衡："不蒙女史进，更失画师情。"以及唐崔国辅、沈佺期、刘长卿、白居易诸人所咏，则已属第二期矣。

故事之流行，往往亦与时代相应，并非纯出偶然。汉武好神仙，故王乔、赤松、安期、羡门之事盛传于世，播于乐府，其明验也。自魏以来，儒教已衰，老庄复盛，故休弈有"腐儒"之言。复仇之禁，虽著于魏世，其在西晋，则并无明文，度当日此风必仍炽，故休弈有《烈妇》之咏。吾国社会，男女不平等，西晋之世，风气尤为轻薄，故休弈有《秋胡》之作，以阐明夫妇之道。自东汉以诸羌氏实边，华夷杂处，下迄西晋，遂成心腹之患，观江统《徙戎论》上不十年而五胡乱华，亦足见其危急，故石季伦有《明君》之词，以激扬民族自尊之心。是以其所咏之事虽古，而所以咏之之意则新。推原所以，亦足为论世之资焉。

晋宋齐乐府

子 夜 变 歌

人传欢负情，我自未尝见。三更开门去，始知子夜变！

末语"子夜变"，即借用曲调名，亦双关中之妙品，属同声同字一类。

上 声 歌

襦裆与郎著，反绣持贮里。汗污莫溅洗，持许相存在！

"裲裆"犹今之背心。"许"字在南朝民歌中，多用作表情之语助词，如"奈何许""奈许"之类。亦有有意义者，如"但看裙带缓几许"，则"许"可训为多。"许是侬欢归"，则"许"可训为或，疑词。"谁知许厚薄""是侬泪成许"，则"许"又可训为如此。此歌"持许"之许，指上汗污，犹云"持此"，则又为代名词矣。许字在西曲中绝少见，殆缘方言不同。"存在"云者，犹言存慰也。《古今乐录》云："此因上声促柱得名。"庾信《咏舞》诗："顿履随疏节，低鬟逐《上声》。"则或系舞曲。

阿　子　歌

阿子复阿子，念汝好颜容。风流世希有，窈窕无人双。

《宋书·乐志》："《阿子歌》者，亦因升平初歌云'阿子汝不闻'，后人演其声为《阿子》《欢闻》二曲。"《世说新语·贤媛篇》："桓温平蜀，以李势女为妾，郡主凶妒，不即知之。后知，乃拔刀往李所，因欲斫之。见李在窗梳头，姿貌端丽，徐徐结发，敛手向主，神色闲正，辞甚凄惋。主于是掷刀前抱之曰：'阿子，我见汝亦怜，何况老奴？'遂善之。"是当时谓女子亦曰阿子。此歌云"阿子复阿子"，亦似指言女子，盖亲之之词也。

丁督护歌　(选二)

其四

督护初征时，侬亦恶闻许。愿作石尤风，四面断行旅。

其五

闻欢去北征，相送直渎浦。只有泪可出，无复情可吐！

宋武帝刘裕尝一度克服中原，歌词云北征，殆作于其时。"只有泪可出"二语，较柳永词"执手相看泪眼，竟无语凝咽"，便觉有天籁人籁之别。石尤风即打头逆风，唐诗多有，如陈子昂《入峡苦风》："宁知巴峡路，辛苦石尤风。"司空曙《送卢秦卿》："无将故人酒，不及石尤风！"戴叔伦《送裴明州》（效南朝体）："知郎未得去，惭愧石尤风。"亦有直言打头风者，如郑谷《江上阻风》云："闻道渔家酒初熟，晚来翻喜打头风。"

团　扇　郎 （选二）

其二

青青林中竹，可作白团扇。动摇郎玉手，因风托方便。

其四

团扇薄不摇，窈窕摇蒲葵。相怜中道罢，定是阿谁非？

《古今乐录》云："《团扇郎歌》者，晋中书令王珉捉白团扇，与嫂婢谢芳姿有爱，情好甚笃。嫂捶挞婢过苦，王东亭闻而止之，芳姿素善歌，嫂令歌一曲，当赦之。应声歌曰：'白团扇。辛苦五流连，是郎眼所见。'珉闻，更问之：'汝歌何遗？'芳姿即改曰：'白团扇。憔悴非昔容，羞与郎相见。'后人因而歌之。"

此首以团扇自喻，词旨蕴藉温厚，得风人之致。然自是南方女性。若在两汉，则将直云"闻君有两意，故来相决绝""闻君有他心，拉杂摧烧之"矣。子不我思，岂无他人？更不暇平章是非也。

长 乐 佳

红罗复斗帐，四角垂朱珰。玉枕龙须席，郎眠何处床？

四句中，三句叠写饰物，读之令人茫然，只末语一问，而神情毕露，而声态欲生，而通首空灵，物物活跃，真化工之笔也。每读此诗，便不禁想及周邦彦《少年游》"低声问向谁行宿"一段光景，可谓各极其妙。此与下《懊侬歌》"江陵去扬州"一首，俱为最富有艺术意味之写实作品，盖可遇而不可求也。《长乐佳》古词凡八首，徐陵《玉台新咏》独选此一首，可谓先获我心。龙须，草名。

懊 侬 歌

江陵去扬州，三千三百里。已行一千三，所有二千在！

王渔洋《古夫于亭杂录》云："徐巨源云，江陵去扬州……此有何情何景？而古雅隽永，味之不尽。凡作六朝乐府，当识此意，故录其语。"又其《分甘余话》云："乐府'江陵去扬州'一首，愈俚愈妙，然读之未有不失笑者。余因忆再使西蜀时，北归次新都，夜宿，闻诸仆偶语曰：'今日归家，所余道里无几矣，当酌酒相贺也。'一人问：'所余几何？'答曰：'已行四十里，所余不过五千九百六十里耳。'余不觉失笑，而复怅然有越乡之悲。此语虽谑，乃得乐府之意。"

《古今乐录》云："《懊侬歌》者，晋石崇绿珠所作，唯《丝布涩难逢》一曲，后皆隆安（东晋安帝）初民间讹谣之曲。"《宋书·五行志》云："晋安帝隆安中（公元397—401年），民间忽作《懊侬歌》，其曲中有'草生可揽结，女儿可揽抱'之言。桓玄既篡居大位，义旗以三月二日扫定京师，玄之宫女及逆党之家，子女妓妾，悉为军赏。……时则草可结，事则女可抱，信矣。"陈胤倩曰："此调颇古，要约之情，特为沉切。"

白石郎曲

白石郎，临江居。前导江伯后从鱼。积石如玉，列松如翠。郎艳独绝，世无其二。

颇有汉乐府奇境。今江宁溧水县（编注：今南京市溧水区）北二十里有白石山，白石郎，此山所祀之水神欤？祀神而侈言神貌之美艳，所谓淫祀者也。

青溪小姑曲

开门白水，侧近桥梁。小姑所居，独处无郎。

《图书集成》引《江宁府志》："青溪夫人祠，在金陵闸。"曲云开门白水者以此。《志》又云："夫人南朝时甚有灵验，宋犹有之，今废。青溪小姑者汉秣陵尉蒋子文妹也。尝遇难，妹挟两女投溪中死。青溪小姑祠，其来旧矣。"遇难投水事，未详所本。又曲云"小姑所居，独处无郎"，而《志》言挟两女投溪中死，是为已婚，恐不足信。《江宁府志》："青溪发源钟山，吴赤乌中，凿东渠名青溪，通城北堑以泄后湖水，其流九曲，达于秦淮。"干宝《搜神记》云："广陵蒋子文尝为秣陵尉，因击贼，伤而死。吴孙权时封中都侯，立庙钟山，转号钟山为蒋山。"刘敬叔《异苑》曰："青溪小姑，蒋侯第三妹也。"关于青溪小姑，除前所引者外，尚多神话传说，今汇录于后，并略论其所以盛传之故。

又《异苑》："青溪小姑庙，云是蒋侯第三妹。庙中有大毂扶疏，鸟尝产育其上。晋太元中，陈郡谢庆执弹乘马，傲杀数头，即觉体中栗然。至夜，梦一女子，衣裳楚楚，怒云：'此鸟是我所养，何故见侵？'经日，谢卒。"

《搜神后记》："晋太康中，谢家沙门竺昙遂，年二十余，白皙端正，流俗沙门。常行经青溪庙前过，因入庙中看。暮归，梦一妇人来语云：'君当来作我庙中神，不复久。'昙遂梦问妇人是谁？妇人云：'我是清溪庙中姑。'如此一日许，临病便死。"

《续齐谐记》："会稽赵文韶，宋元嘉中为东扶寺，廨在青溪中桥，秋夜步月，怅然思归，乃倚门唱《乌飞曲》。忽有青衣年可十五六许，诣门曰：'女郎闻歌声有悦人者，逐日游戏，故遣相问。'文韶不之疑，遂邀暂过。须臾，女郎至，年可十八九许，容色绝妙。谓文韶曰：'闻君善歌，能为作一曲否？'文韶即为歌'草生磐石下'，声甚清美。女郎顾青衣取箜篌鼓之，泠泠似楚曲，又令婢歌《繁霜》，自脱金钗扣箜篌和之，婢乃歌曰：'歌繁霜，繁霜侵晓幕。何意空相守，坐待繁霜落？'留连宴寝。将旦，别去，以金簪遗文韶，文韶亦赠以银碗及琉璃匕。明日，于青溪庙中得之。乃知所见，青溪女神也。"（《八朝神怪录》亦载此事，颇有异同。）

据上，吾人约可推知青溪小姑之祀，其来似甚早，并非始于南朝，在西晋太康中已立有专庙，距孙权立蒋庙时甚近，《异苑》云系蒋子文妹，盖可信。在初期发生之神话中，虽亦含风流意味，然尚属梦境，迨梁吴均作《续齐谐记》时，则青溪小姑已一变而为人，实行与人交接矣。《搜神记》卷五另一则载蒋子文与会稽东野女子吴望子情好事，情节与此正同。《神弦曲》中之神，大抵皆此类也。至于青溪小姑之所以倾动一时，或与其阿兄蒋子文有关，《宋书·礼志四》：

> 宋武帝永初二年（公元 421 年）普禁淫祀，由是蒋子文祠以下，普皆毁绝。孝武孝建初（公元 454 年），更修起蒋山祠，所在山川，渐皆修复。明帝立九州庙于鸡笼山，大聚群神。蒋侯，宋代稍加爵位至相国大都督中外诸军事，加殊礼钟山王。

《宋书》九十九《元凶劭传》，载劭将败时，以辇迎蒋侯神像于宫内，拜为大司马，封钟山郡王。是蒋祠在宋文帝时尚未毁绝，故劭得以迎取其神像，而钟山王之封，尤早在明帝前也。又沈约自撰之《赛蒋山庙文》云："仰惟大王，年逾二百，世兼四代。"是知蒋侯实为当时群神之冠冕，南齐东昏并尝封蒋侯为帝，青溪小姑既为蒋侯之妹，自为当时人所乐道矣。

代东武吟

鲍照

主人且勿喧，贱子歌一言：仆本寒乡士，出身蒙汉恩。始随张校尉，召募到河源。后逐李轻车，追房穷塞垣。密途亘万里，宁岁犹七奔。肌力尽鞍甲，心思历凉温。将军既下世，部曲亦罕存。世事一朝异，孤绩谁复论？少壮辞家去，穷老还入门。腰镰刈葵藿，倚杖牧鸡豚。昔如鞲上鹰，今似槛中猿。徒结千载恨，空负百年怨。弃席思君幄，疲马恋君轩。愿垂晋主惠，不愧田子魂。

此托为老卒之言。末四语，则作者希冀之意。"密途"犹近途。旦，竟也。《韩非子》："文公至河，令曰：'笾豆捐之！席蓐捐之！手足胼胝、面目犁黑者后之！'咎犯闻之而夜哭。公曰：'寡人出亡二十年，乃今得反国，不喜而哭，意者不欲寡人反国耶？'对曰：'笾豆所以食，而君捐之；席蓐所以卧，而君弃之；手足胼胝，面目犁黑，有劳功者也，而君后之，今臣与在后中，故哭。'文公乃止。"又《韩诗外传》："昔田子方见老马于道，喟然有志焉，以问于御曰：'此何马也？'御曰：'故公家畜也。罢而不用，故出放之。'田子方曰：'少尽其力，而老弃其身，仁者不为也。'束帛而赎之。穷士闻之，知所归心矣。"诗意盖欲国家如晋文公不捐弃席，田子方之不弃老马也。魂云古通，谓不愧田子所云也。宋文帝对北魏凡三次用兵，一在元嘉七年，一在二十七年，一在二十九年，皆无功。而后两次更遭惨败。良以临时周章，养兵无素，遇下寡恩，不能得人死力，故虽有封狼居胥之意，终不免仓皇北顾。明远此篇之作，盖有深意存焉。其叙述从军之痛苦而代士卒请命者。

拟 行 路 难 (选二)

鲍照

其四

泻水置平地，各自东西南北流。人生亦有命，安能行叹复坐愁！酌酒以自宽，举杯断绝歌路难。心非木石岂无感？吞声踯躅不敢言！

日"有命"，日"吞声"，盖门第社会中不平之鸣。谭元春曰："不曾言其所以，不曾指其所在，自唱自愁，读之老人。"

其五

对案不能食，拔剑击柱长叹息。丈夫生世会有时，安能蹀躞垂羽翼？弃置罢官去，还家自休息。朝出与亲辞，暮还在亲侧。弄儿床前戏，看妇机中织。自古圣贤皆贫贱，何况我辈孤且直？

　　　　　　　　　　　　历代乐府选评

读此可见明远之为人。明远《侍郎上书》云："臣北州衰沧。"盖其时尚门第，故曰"孤"也。《论语》："直道而事人，焉往而不三黜?"篇中重二"息"字韵，汉魏古诗所不忌。

凡此诸篇，皆南朝二百余年间乐府之所绝无者。而其感人之深，影响之大，跌宕悲凉，驰骋纵横，如骅骝之开道路，鹰隼之出风尘者，尤当推明远少作七言《拟行路难》十八首。以诗中"余当二十弱冠辰""弄儿床前戏，看妇机中织"诸语考之，殆明远弱冠前后所作，并非同出一时。《乐府古题要解》云："《行路难》，备言世路艰难，及离别悲伤之意。"《乐府诗集》引《陈武别传》云："武常牧羊，诸家牧竖有知歌谣者，武遂学《行路难》，则所起亦远矣。"今传世《行路难》，则以明远此词为最早。《文选》以体制关系，未行甄录，《玉台》载其四首。

梁陈文人乐府

采 莲 曲

梁简文帝 （《乐府》作昭明太子）

桂楫兰桡浮碧水。江花玉面两相似，莲疏藕折香风起。香风起，白日低。采莲曲，使君迷。（和云：采莲归，绿水好沾衣。）

梁简文帝，名纲，字世缵，武帝第三子。纲赋诗多轻靡，故当时有"宫体"之目。沈德潜曰："诗至萧梁，君臣上下，惟以艳情为娱，失温柔敦厚之旨，汉魏遗轨，荡然扫地矣。"然其描情绘景，往往勘理入微，盖亦有独到之处。纲《与湘东王书》云："未闻吟咏性情，反拟

《内则》之篇，操笔写志，更摹《酒诰》之作。迟迟春日，翻学《归藏》，湛湛江水，遂同《大传》。"又《与当阳公书》云："立身之道，与文章异。立身先须谨慎，文章且须放荡。"是纲对于文学之观念，根本即与前此不同也。且其由来者渐矣，前期民歌，何一而非"宫体"耶？兹录其尤绮艳者。

西 洲 曲

江淹

忆梅下西洲，折梅寄江北。单衫杏子红，双鬓鸦雏色。西洲在何处？两桨桥头渡。日暮伯劳飞，风吹乌臼树。树下即门前，门中露翠钿。开门郎不至，出门采红莲。采莲南塘秋，莲花过人头。低头弄莲子，莲子清如水。置莲怀袖中，莲心彻底红。忆郎郎不至，仰首望飞鸿。鸿飞满西洲，望郎上青楼。楼高望不见，尽日栏杆头。栏杆十二曲，垂手明如玉。卷帘天自高，海水摇空绿。海水梦悠悠，君愁我亦愁。南风知我意，吹梦到西洲。

江淹，字文通，亦历仕三世。诗凡百余篇，乐府则只数首。今从《玉台新咏》录一首（此诗《乐府》作古词，陈胤倩、王士祯《古诗选》并入晋诗）。蝉联而下，一转一妙，正复起束井井，自成章法。其体制盖自蔡邕《饮马长城窟行》、繁钦《定情诗》脱来，却变而为俊逸骀宕。唐人如张若虚之《春江花月夜》、李白之《长干曲》等篇，则又从此脱出者。《群芳谱》："乌臼，一名鸦臼。乌喜食其子，因名之。或云其木老则根下黑烂成臼，故得此名。"

　　陈胤倩曰："《西洲曲》摇曳轻飔，六朝乐府之最艳者。初唐刘希夷、张若虚七言古诗皆从此出，言情之绝唱也。夫艳，非词华之谓，声情婉转，语语动人，若赵女目挑心招，定非珠珰翠翘，使人动心引魄也。寻其命意之由，盖缘情溢于中，不能自已，随目所接，随境所遇，无地无物，非其感伤之怀。故语语相承，段段相绾，应心而出，触绪而歌，并极缠绵，俱成哀怨，此与《离骚·天问》同旨，岂不悲哉。"又曰："段段绾合，具有变态，由树及门，由门望路，自然过渡，尤妙在'门中露翠钿'句可画。……自近而之远，自浅而之深，无可奈何而托之于梦，甚至梦借风吹，缥缈幻忽无聊之思，如游丝随风，浮萍逐水……太白尤矗矗于斯，每希规似，《长干》之曲，竟作粉本。至如'海水摇空绿'，寄愁明月，随风夜郎，并相蹈袭。（指太白《闻王昌龄左迁龙标》诗："我寄愁心与明月，随风直到夜郎西。"）故知此诗诚唐人所心慕手追而竟莫能逮者也。"

陈氏此论甚确。惟谓与《离骚·天问》同旨，则似非真象。此篇风格，出于前期之《吴歌》《西曲》，实至明显，魏晋以来，文人五言之作多矣，其音响有一篇似此者乎？则其源流所在，自不难见。文通本擅长模拟，其效民歌而成此杰作，似不足为异。昭明独尚雅音，略于乐府，故《文选》全录文通《杂诗》三十首，而此则归摒弃之列。徐陵以入《玉台》，可无遗憾。兹将张、李二人之作，附录以资对照。

张若虚《春江花月夜》：

春江潮水连海平，海上明月共潮生。
滟滟随波千万里，何处春江无月明？

江流宛转绕芳甸，月照花林皆似霰。

空里流霜不觉飞，汀上白沙看不见。

江天一色无纤尘，皎皎空中孤月轮。

江畔何人初见月？江月何年初照人？

人生代代无穷已，江月年年只相似。

不知江月待何人，但见长江送流水。

白云一片去悠悠，青枫浦上不胜愁。

谁家今夜扁舟子？何处相思明月楼？

可怜楼上月徘徊，应照离人妆镜台。

玉户帘中卷不去，捣衣砧上拂还来。

此时相望不相闻，愿逐月华流照君。

鸿雁长飞光不度，鱼龙潜跃水成文。

昨夜闲潭梦落花，可怜春半不还家。

江水流春去欲尽，江潭落月复西斜。

斜月沉沉藏海雾，碣石潇湘无限路。

不知乘月几人归？落月摇情满江树！

李白《长干行》：

妾发初覆额，折花门前剧。郎骑竹马来，绕床弄青梅。同居长干里，两小无疑猜。十四为君妇，羞颜未尝开。低头向暗壁，千唤不一回。十五始展眉，愿同尘与灰。常存抱柱信，岂上望夫台？十六君远行，瞿塘滟滪堆。五月不可触，猿声天外哀。门前迟行迹，一一生绿苔。苔深不能扫，落叶秋风早。八月蝴蝶来，双飞西园草。感此伤妾心，坐愁红颜老。早晚下三巴，预将书报家。相迎不道远，直到长风沙！

此即陈氏所谓"《长干》之曲，竟作粉本"者。

有 所 思

吴均

薄暮有所思，终持泪煎骨。春风惊我心，秋露伤君发。

"泪煎骨"，语亦尖新。此亦缘采用当时流行之民歌体，故与《汉铙歌》中之《有所思》，名同而实异。吴均，字叔庠。均文体清拔，好事者效之谓为"吴均体"。陈胤倩曰："均诗非不清，而一往轻率，都无深致，想其才气俊迈，亦太白之流也。"

乌 栖 曲
陈后主

合欢襦熏百和香，床中被织两鸳鸯。乌啼汉没天应曙，只持怀抱送郎去。

汉魏六朝七言歌诗，其句法率为上四下三，绝无变化，此篇首句作折腰句法，尚属仅见。至杜少陵出，而七言句法之变始备。由单纯趋于繁复，固一切文体演变之通例也。

　　　　　　历代乐府选评

自君之出矣 （选一）

陈后主

其五

自君之出矣，绿草遍阶生。思君如夜烛，垂泪著
鸡鸣。

词旨新隽。唐人诗"蜡烛有心还惜别，替人垂泪到
天明"，宋人词"红烛自怜无好计，夜长空替人垂泪"，
皆本此。类此之作，集中尚多，大抵不外借民间曲调而
自写新诗，如所拟《杨叛儿曲》，便几与五言律无异也。
尤得《子夜》风致。

折 杨 柳

徐陵

袅袅河堤树，依依魏主营。江陵有旧曲，洛下作新

声。妾对长杨苑，君登高柳城。春还应共见，荡子太无情！

徐陵，字孝穆，与庾信齐名。尝辑《玉台新咏》，于"往古名篇，当今巧制"，多所著录。其乐府亦以流宕妖艳为胜。对仗、平仄、粘贴，无一不与唐人五律吻合，徐氏以前，尚无其作。然则即视为五律之鼻祖，固无不可也。与前梁简文帝一首相较，则知此时四声之用愈严密。

乌　栖　曲
徐陵

绣帐罗帷隐灯烛，一夜千年犹不足。惟憎无赖汝南鸡，天河未落犹争啼！

"犹"当作"已"。七言两句换韵，盖变其体而为之者。

北朝乐府

企　喻　歌

　　男儿欲作健，结伴不须多。鹞子经天飞，群雀两向波。

　　首句甚奇，其意盖谓欲作健儿也。健儿，犹言壮士，亦指士卒，三国六朝时常语。张荫嘉曰："两向波，言两向分飞避之，如波之分散也。"胡应麟曰："《企喻歌》，元魏先世风谣也。其词刚猛激烈，如云'男儿欲作健，结伴不须多'等语，真《秦风·小戎》之遗。其后雄踞中华，几一字内，即数歌词可证。六代江左之音，率《子夜》《前溪》之类，了无一语丈夫风骨！恶能抗衡北人？陵夷至陈，卒并隋世。隋文稍知尚质，而取不以道，故炀（帝）复为《春江》《玉树》等曲。盖至是南风渐渍于北，而六代淫靡之音极矣。于是唐文挺出，一扫而泛空之，而三百年之诗，遂骎骎上埒汉魏。文章气运，昭灼如此。今人率以一歌之微，忽而不省，余故详著其说，俟审音者评焉。"斯言亦诚哉！

李波小妹歌

李波小妹字雍容。褰裙逐马如卷蓬，左射右射必叠双。妇女尚如此，男子安可逢？

《北史》三十三《李安世传》："广平人李波，宗族强盛，残掠不已，公私为患，百姓为之语云云。刺史李安世诱波等杀之。"《乐府诗集》不收，实亦《杂歌谣辞》之类。读上两歌，具见北人崇拜英雄之情绪。若南人之所歌颂，则皆桃叶、芳姿、碧玉、莫愁之类也。与李波小妹同为当时巾帼英雄，而其行事复卓绝千古，备受社会之崇拜赞美者，尚有代父从军之木兰。

折杨柳枝歌

上马不捉鞭，反拗杨柳枝。下马吹长笛，愁杀行客儿。

上马下马，正写行客。一任愁杀，终不掉泪。（又有《折杨柳歌》，其第一首，与此全同，惟"下马"二字作躞座。）《颜氏家训》云："别易会难，古人所重，江南饯送，下泣言离，北间风俗，不屑此事，歧路言离，欢笑分首。然人性自有少涕泪者，肠虽欲断，目犹烂然。如此之人，不可强责！"此类作品，最足说明北人"少涕泪"之性格。虽悲痛欲绝，终不似南人沾沾作儿女之态，没些丈夫气。

敕　勒　歌 （《杂歌谣辞》）

敕勒川，阴山下。天似穹庐，笼盖四野。天苍苍，野茫茫。风吹草低见牛羊。

《北史·齐神武纪》："是时（东魏武定四年——公元546年）西魏言神武（高欢）中弩，神武闻之，乃勉坐见诸贵，使斛律金唱《敕勒歌》，神武自和之，哀感流涕。"《乐府广题》曰："其歌本鲜卑语，易为齐言，故其句长短不齐。"然则此歌乃一翻译作品，虽经翻译，而一种雄浑阔大气象，仍不可掩。

《碧鸡漫志》云："金不知书，同于刘、项，能发自然之妙如此，当时徐、庾辈不能也。吾谓西汉而后，独《敕勒歌》近古。"《诗薮》云："金武人，自不知书，此歌成于信口，咸谓宿根。不知此歌之妙，正在不能文者以无意发之，所以浑朴苍莽。使当时文士为之，便欲雕缋满眼。"史言神武使金唱，《广题》亦言易为齐言，则是旧有此歌，不得直谓金作也。（此歌之妙，主要来自生活，与能文不能文，无大关系。）

地驱乐歌辞　（选一）

驱羊入谷，白羊在前。老女不嫁，蹋地呼天！

当亦言情之作。"老女不嫁",乃至"蹋地呼天",更无一点忸怩羞涩之态。真是快人快语,泼辣无比。

地 驱 乐 歌

月明光光星欲堕。欲来不来早语我!

此亦情歌,盖幽会爽约之作。不自悲伤,却怪他人,与南朝便有刚柔之别。

杨 白 华

阳春二三月,杨柳齐作花。春风一夜入闺闼,杨花飘荡落南家。含情出户脚无力,拾得杨花泪沾臆。秋去春还双燕子,愿衔杨花入窠里!

北朝妇女,亦犹之男子,别具豪爽刚健之性。与南朝娇羞柔媚暨两汉温贞娴雅者并不同。朔方文化,本自幼稚，男女之别，向无节文，诸如父子同川而浴，同床而寝，以及姊妹兄弟相为婚姻，母子叔嫂递相为偶，史不绝书。元魏奄有华夏，虽渐染华俗，终带胡风，故读此类作品，颇足征知原始人类对于两性关系之观念。

《梁书》九十三《杨华传》："杨华，武都仇池人，魏胡太后（宣武帝皇后）逼通之。华惧及祸，乃率部降梁。胡太后追思之不能已，为作《杨白华歌辞》，使宫人昼夜连臂踏足歌之，声甚凄惋。"此事《魏书》《北史·灵皇后胡氏传》并不载，《南史》则云"杨华本名白花，奔梁后名华"。核以歌名，盖可信。

通首隐切姓名，笔笔双关，分明从吴歌得来，此歌作于胡太后，为毫无可疑，而其风格缠绵若此，则一般民歌之不能无转变，自可知矣。此自与魏孝文帝推行汉化政策亦有关。

幽州马客吟

快马常苦瘦，剿儿常苦贫。黄禾起羸马，有钱始作人！

"有钱始作人"，一语破的。自是阅历之谈，然南人似未梦见。以黄禾能起羸马，比有钱始可作人，亦真切。若无钱，则只有作剿儿耳。剿儿者，掠取人财物之健儿也。

《颜氏家训》云："今北土风俗，率能躬俭节用，以赡衣食，江南奢侈，多不逮焉。"此浮华之气，大盛于《清商》，而愁苦之音，独传于《鼓角》者欤？虽作品不多，足资表异，别立一类，亦以为汉《相和》之续焉。

雀劳利歌

雨雪霏霏雀劳利。长嘴饱满短嘴饥！

此亦讽世之言，人世纷纷，何莫不然？《韩非子》："长袖善舞，多财善贾。"所谓长嘴也。汉乐府："自惜袖短，纳手知寒。"所谓短嘴也。劳利字无义，喻雀喧噪声。

琅 琊 王 歌

东山看西水，水流盘石间。公死姥更嫁，孤儿甚可怜！

亦《横吹曲》中之《孤儿行》也。民歌发端，每用兴语，成于信口，初无含义，故往往与下文若断若续，此歌亦一例。更有一种纯为声韵作用者，如北齐卢士深妻崔氏之《黵面辞》，陈胤倩《古诗选》引虞世南《史略》云："北齐卢士深妻，崔林义之女，有才学，春日以桃花黵儿面，咒曰：'取红花，取白雪。与儿洗面作光悦。取白雪，取红花。与儿洗面作妍华。取花红，取雪白。与儿洗面作光泽。取雪白，取花红。与儿洗面作华容。'"红花白雪，轮流颠倒，只在换韵以起下文。

北朝民间乐府，具如上述。数量虽不及南朝，内容则转较充实，凡北朝社会状况，生活形态，民情风俗，皆约略可见，不似南朝之全属艳曲。而其民族性格表现之鲜明，使吾人读其歌而如见其人，尤足以补史籍之遗阙。惟前期虏音之《真人代歌》，未经翻译保存，为可惜耳。

木 兰 诗

唧唧复唧唧，木兰当户织。不闻机杼声，惟闻女叹息。问女何所思？问女何所忆？女亦无所思，女亦无所忆。昨夜见军帖，可汗大点兵。军书十二卷，卷卷有爷名。阿爷无大儿，木兰无长兄。愿为市鞍马，从此替爷征。东市买骏马，西市买鞍鞯。南市买辔头，北市买长鞭。朝辞爷娘去，暮宿黄河边。不闻爷娘唤女声，但闻黄河流水鸣溅溅！旦辞黄河去，暮至黑水头。不闻爷娘唤女声，但闻燕山胡骑声啾啾！万里赴戎机，关山度若飞。朔气传金柝，寒光照铁衣。将军百战死，壮士十年归。

归来见天子，天子坐明堂。策勋十二转，赏赐百千强。可汗问所欲，木兰不用尚书郎。愿借明驼千里足，送儿还故乡！爷娘闻女来，出郭相扶将。阿姊闻妹来，当户理红妆。小弟闻姊来，磨刀霍霍向猪羊。开我东阁门，坐我西阁床。脱我战时袍，著我旧时裳。当窗理云鬓，对镜帖花黄。出门看火伴，火伴始惊惶："同行十二年，不知木兰是女郎！"

雄兔脚扑朔，雌兔眼迷离。两兔傍地走，安能辨我是雄雌？

张荫嘉曰："木兰千古奇人！此诗亦千古杰作！《焦仲卿妻》后，罕有其俦！"梁施荣泰《王昭君》诗："唧唧抚心叹，蛾眉误杀人。"然则"唧唧复唧唧"云者，即叹息复叹息耳。《酉阳杂俎》："明驼千里脚，谓驼卧，腹不贴地，屈足漏明，故曰明驼。""帖花黄"，谓作黄额妆。古妇匀面，惟施朱傅粉，六朝乃兼尚黄。梁简文帝诗："同安鬟里拨，异作额间黄。"又"约黄能效月，裁金巧作星。"又庾信诗"额角轻黄细安"，是其证。"扑朔"，跳跃貌。"迷离"，不明貌。二句互文，雄雌无异。又凡兔皆善走，亦难据以辨别雄雌。犹之木兰骁勇善战如健儿，故伙伴亦不知其为女郎也。（关于《木兰诗》的时代问题，请参阅《汉魏六朝乐府文学史》第二章，人民文学出版社1984年版和《从杜甫、白居易、元稹诗看

〈木兰诗〉的时代》一文，见《萧涤非说乐府》，上海古
籍出版社 2002 年版。）

乌 夜 啼

庾信

促柱繁弦非《子夜》，歌声舞态异《前溪》。御史府
中何处宿？洛阳城头那得栖！弹琴蜀郡卓家女，织锦秦
川窦氏妻。讵不自惊长泪落？到头啼乌恒夜啼！

此篇已为后来七律之滥觞。《史记》：卓文君新寡好
音，相如以琴心挑之。《晋书》：窦滔妻苏蕙，滔被徙流
沙，蕙思之，织锦为回文诗赠滔。子山盖隐以自喻。

庾信，字子山，在梁时，与徐陵齐名，文并绮艳，
故世号"徐庾体"。入周后，作风亦无大变。

舞 媚 娘

庾信

　　朝来户前对镜，含笑盈盈自看。眉心浓黛直点，额角轻黄细安。只疑落花漫去，复道春风不还。少年惟有欢乐，饮酒那得留残？

　　如读唐宋人《谪仙怨》《西江月》，亦六言诗中一进步也。《北史》四十七《阳休之传》："休之弟俊之，当文襄时，多作六言歌词，淫荡而拙，世俗流传，名为'阳五伴侣'，写而卖之，在市不绝。俊之尝过市，取而改之，言其字误，卖书者曰：'阳五古之贤人，作此伴侣，君何所知，轻敢议论。'俊之大喜。"然则六言一体，当周、齐之世，固曾风行一时。南朝乐府，绝少六言（惟《神弦歌》中有之，亦只两句）。而庾、王二子，俱有其作，斯缘南北嗜好不同之故也欤？惜俊之自作，所谓"阳五伴侣"者，今已不传，亦北朝文人乐府一大损失矣。

隋因南朝艳曲而造新声

泛 龙 舟

隋炀帝

舳舻千里泛龙舟,言旋旧镇下扬州。借问扬州在何处? 淮南江北海西头。六辔渐停御百丈,暂罢开山歌棹讴。讵似江东掌间地,独自称言鉴里游?

《旧唐书·乐志》:"《泛龙舟》,炀帝江都宫作。"炀帝开皇中尝为扬州总管,故有"言旋旧镇"之言。百丈,谓挽龙舟之丝缆。此篇与前庾信《乌夜啼》,皆足为七言律之开山。《隋书·柳䛒传》谓"炀帝早年属文,为庾信体",此或即效庾信作者。

《隋书·乐志》："炀帝大制艳篇，辞极淫绮，令乐正白明达造新声，创《万岁乐》《藏钩乐》《七夕相逢乐》《玉女行觞》《神仙留客》《斗鸡子》《斗百草》《泛龙舟》等曲，掩抑摧藏，哀音断绝。"炀帝尝罗网天下周、齐、梁、陈乐家子弟皆为乐户，则此种新声，盖亦本之梁陈之艳曲者，是以词极淫绮。

挽舟者歌

我儿征辽东，饿死青山下。今我挽龙舟，又困隋堤道。方今天下饥，路粮无些小。前去三十程，此身安可保？寒骨枕荒沙，幽魂泣烟草。悲损门内妻，望断吾家老！安得义勇男，焚此无主尸。引其孤魂回，负其白骨归？

此首为隋炀帝时民歌，载《海山记》。足证炀帝征辽之役，在民间所发生的影响。《隋书》大业七年《帝纪》："于时辽东战士及馈运者，填咽于道，昼夜不绝，苦役者始为群盗。"又《刘元进传》："炀帝兴辽东之役，百姓骚动，会帝复征辽东，征兵吴会，士卒皆相谓曰：'去年吾辈父兄从帝征者，当全盛之时，犹死亡大半，骸骨不归。今天下已罢，是行也，吾属无遗类矣！'于是多有亡散。"此歌首云"我儿征辽东，饿死青山下"，则民心之怨毒亦可知矣。惜乎，乐府不采诗，使炀帝有以自闻其过，而无识群臣如王胄辈，又复希意导言作为谄媚之词，遂至一再残民以逞，而卒遭灭亡也！炀帝征辽之役，劳民丧财，实为隋室乱亡之一大原因。

又《挽舟者歌》"焚此无主尸"，丁福保《全隋诗》"焚"作"烂"，北京师范大学《中国民间文学史》作"悯"，未知所据。

唐宋乐府

台　城　诗

刘禹锡

台城六代竞豪华，结绮临春事最奢。万户千门成野草，只缘一曲《后庭花》！

台城是当时宫城，结绮、临春是陈后主建的两座穷极奢华的楼。第三句表面上是写楼已化为乌有，实际上是说国家灭亡。也是以陈后主为典型来表达"兴废由人事"的主题思想的。

（录自《诗人刘禹锡》一文，见《乐府诗词论薮》，齐鲁书社1985年版。）

酒 泉 子

温庭筠

　　日映纱窗，金鸭小屏山碧。故乡春，烟霭隔，背兰釭。　　宿妆惆怅倚高阁，千里云影薄。草初齐，花又落，燕双双。

　　在陆侃如、冯沅君先生的《中国诗史》卷下第911页，曾评论到温庭筠的这首〔酒泉子〕，说是"昼夜不分，前后牴错"。这批评，我们是不能苟同的。

　　这首词，结构极分明，上半写室内，下半写室外，时间是一个"清晨"，地点是一间楼上，主人翁则是一个"单栖无伴侣"的异乡女子（温词中的女性大都是妓女）。这个女子，因旭日映窗，看到枕前的小屏风上绣着或刻画着的青山（古时屏与枕相连，温庭筠〔菩萨蛮〕："枕上屏山掩。"顾夐〔醉公子〕："枕倚小山屏。"魏承班〔满宫花〕："愁见绣屏孤枕。"欧阳修〔蝶恋花〕："枕畔屏山围碧浪。"均可证），因而想起了遥远的故乡春色，正是下片"宿妆惆怅倚高阁"的张本，所谓"远望可以当归"也。

"宿妆"是隔宿的残妆。不待梳洗而即倚阁以望者，正见思乡之情切也。

"金鸭"是香炉，亦室内所有，醒时所见。"兰釭"就是"银釭"，也就是所谓"香灯"。曰"背兰釭"，无聊之情态可想，此句略作一勒，言虽心念故乡，而眼前所见者惟此经宵未灭之残灯耳，正乃"情余言外"。

统观全词，由室内写到室外，由未起床写到起床后的倚阁凝望，触景伤情，脉络分明，层次井然，人物形象也很生动。

但是，陆、冯二先生却批评说："这首词确有点前后舛错的嫌疑。因为此词的背景，若就'日映纱窗''千里云影薄'诸句看，显然是白昼。但就'背兰釭'句论，又似乎是夜间。这些隐晦艰涩，前后舛错的作品，便是温词失败的处所。"

我觉得这段话似有两点值得商榷：一是以清晨为"白昼"。我们略观原词，便可以知道这个"日映纱窗"之日，乃"日出东南隅，照我秦氏楼"的朝日，而不是

"白日正中"的当午太阳，因为只有当日光斜照的时候才能出现"日映纱窗"的景色。二是以"兰釭"为夜间所独有。白昼点灯，诚然可怪，但既非白昼，而是清晨，则当朝日初升之际，室内残灯犹明，却并非异事。如果有人问：为什么天亮了还有灯？我们的回答是：这是过夜灯。要知道这首词所写的已是千年前的生活方式了，词中的人物又很可能是妓女，她们一方面受压迫，受屈辱，但另一方面，在物质生活条件上却又较一般人远为优越，她们并不一定要"熄灯就寝"，而且似乎都习惯于点着灯睡觉。

温词的"隐晦艰涩"，这是大家所公认的。但"隐晦艰涩"只是不好懂，不易懂。它和文理不通，应该还有所区别，似不能混为一谈。何况这首词，据我们前面所分析的，还不是什么"隐晦艰涩"之作呢。

（《乐府诗词论薮》，齐鲁书社1985年版；《百家唐宋词新话》，四川文艺出版社1989年版。）

浣 溪 沙

薛昭蕴

粉上依稀有泪痕，郡庭花落敛黄昏。远情深恨与谁论。　　记得去年寒食日，延秋门外卓金轮。日斜人散暗销魂。

此词结构殊奇特。首句破空而来，直追过去，所谓"粉上依稀有泪痕"者，乃去年寒食日金轮中所见之人也。此给予作者之印象必甚深，故不觉矢口而出。第二句花落，方是写现在。盖不觉又当寒食时候矣。第三句绾合，略作一勒，过片即以"记得"二字领起，纯写过去，更不回顾，所谓"远情深恨"者此也。薛此词很像一首"惊艳"之作，非泛写一般离别之情。

关于此词的"延秋门"，近人华连圃先生《花间集注》曾引《长安志》："禁苑中宫庭凡二十四所，西面二门，南曰延秋门，北曰玄武门。"并引杜甫《哀王孙》"长安城头头白乌，夜飞延秋门上呼"的诗句为证。李冰若先生《花间集评注》亦并以为即长安之延秋门。这无异于认昭蕴此词为作于长安，似有可商之处。因为不仅长安有延秋门，成都也是有的（见《十国春秋》前蜀二）。我以为薛此词乃作于成都，不作于长安；词中延秋门，乃成都之延秋门，而非长安之延秋门。

（《乐府诗词论薮》，齐鲁书社1985年版；《百家唐宋词新话》，四川文艺出版社1989年版。）

一丛花令

张先

伤高怀远几时穷，无物似情浓。离愁正恁千丝乱，更南陌、飞絮濛濛。嘶骑渐遥，征尘不断，何处认郎踪。

双鸳池沼水溶溶。南北小桥通。梯横画阁黄昏后，又还是、斜月帘栊。沉恨细思，不如桃杏，犹解嫁东风。

这要算张先集中压卷之作了。朱祖谋《宋词三百首》也以之入选。一般词选，也都选了。可是，从张宗橚的《词林纪事》起，一直到现在的一些选本为止，都把它的本事遗漏了。谁知这首传诵千古的词，却原来是作者写他和一个比丘尼的一段私会呢？这事载于杨湜的《古今词话》：

张先字子野，尝与一尼私约，其老尼性严，每卧于池岛中一小阁上，俟夜深人静，其尼潜下梯，俾与子野登阁相遇。临别，子野不胜惓惓，作〔一丛花〕词，以道其怀。曰云云。

看了这段记载，我们才彻底明了词中"南北小桥、梯横画阁"是说的什么。可以这样说，五代、北宋许多作家有名的词，很多都是在类似这种情节之下写成的。词在当时，本是供歌筵舞席的"浅斟低唱"之用的，因而这类作品也就最受欢迎，最易享盛名。

杨湜的《古今词话》，本来不完全可信，胡仔《渔隐丛话》，就有很多指斥他的地方。像上面这种事看来尤觉荒唐，近于好事者流的杜撰。《词林纪事》虽选录此词，却未载此事，不知是缘偶未及见，抑不相信而故遗之？所以，最初我看到这段记载，也不免将信将疑，不敢据实。后来在程垓的《书舟词》里，发现一首〔孤雁儿〕，全词是：

双鬟乍绾横波溜。记当日，香心透。谁教容易随鸡飞，输却春风先手？天公元也，管人憔悴，放出花枝瘦。　　几宵和月来相就。问何处，春山斗。只应深锁婵娟，枉却娇花时候。何时为我，小梯横阁，试约黄昏后？

在这首词的调名下，程垓自注云："有老尼从人而复出者，戏用张子野事赋此。"词末"小梯横阁"两句，显系化用子野原词"梯横画阁黄昏后"者，即自注所谓"张子野之事"，亦即《古今词话》所载之事。自有此一发现，我不觉心喜，因为程垓是南宋初期的有名词人，和杨湜时代不甚相后，而他也同样有此一说，自足充分证明《古今词话》那段记载的确实可信。而我们读者在知道他这一段"方外姻缘"之后，再来玩味他的词，也就自然倍觉亲切了。尤其对于末数句："沉恨细思，不如桃杏，犹解嫁东风。"更能得到进一步的领会。因为作者用桃杏凡花来比喻世间儿女，这就微妙地反衬出词中人物原是一个出家持戒的丘尼的身份，而不是普通的女子。

关于这首词，当时如《珠玉词》的作者晏殊，似乎就很赏识。《画墁录》说："晏丞相殊领京兆，辟张先都官通判。一日，张议事府内，再三未答，晏公作色，操楚语：本为贤会道'无物似情浓'，今日却来此事公事！"《六一词》的作者欧阳修，也同样爱好。《过庭录》说："子野郎中〔一丛花〕词云：'沉恨细思，不如桃杏，犹解嫁东风。'一时盛传，永叔尤爱之，恨未识其人。子野家南地，以故至都，谒永叔，阍者以通，永叔倒屣迎之，曰：'此乃桃杏嫁东风郎中！'东坡守杭，子野尚在，尝预宴席，盖年八十余矣。"欧、晏都是子野的朋友，此词的本事他们自然知道。

（《乐府诗词论薮》，齐鲁书社1985年版；《百家唐宋词新话》，四川文艺出版社1989年版。）

附录一　萧涤非风诗笺注选

人 力 车 行 （五古）

有车夫疾驰而死，感赋。

侵晨将车出，鹄立街头望。寂寂少行人，徘徊自惆怅。[一]

忽见一客来，忻然迎客上。笑问："客何之，胡不乘车回[二]？"客顾谓车夫，欲言复皱眉："尔车破且秽，恐污我裳衣。尔身瘦且小，恐不任驱驰。吾今有要事，为乐当及时[三]。"疾将身上服，拂拭车中灰。复笑请客坐："登车慎勿疑。我身虽瘦小，驰车胜痴肥[四]。"

车钱不盈百，殷勤重费辞。奔走随人意，南北复东西。汗下一如雨，力竭敢言疲？凉飙生两毂，叱咤故嫌迟。拼将微命弃，不受尊客嗤[五]。道远终难任，蹶蹶大路衢。旁观诧失足，命仅留斯须。客竟徜徉去，置若罔闻知[六]。

吁嗟柴扉里，老母尚倚篱。日日当此时，不见儿来归。妻持空盎泣，举火不成糜。群儿不解事，绕膝争啼饥[七]。寄谢世间人，生者还可悲[八]。

这首诗作于1930年在北京清华大学读书时。记叙一人力车夫的悲惨遭遇，同情中有对世道冷漠的愤慨，诗末寄语，尤见沉痛。深得风诗之旨。作者童年乃放牛娃，受反映民生疾苦的诗歌影响，此时大学毕业论文即为《历代风诗选》，遂有此眼睛向下之作。行，古诗一种体裁。王灼《碧鸡漫志》："故乐府中有歌有谣，有吟有引，有行有曲。"诗人自注："此篇曾经先师黄晦闻先生点定，时先生初由北大来清华兼课，讲授汉乐府等。今世事已变，然不可变者历史，故仍录之。"（据廖仲安先生文）

〔一〕首段四句写一早出车。天色尚黑街上人少，拉不到客，车夫心焦。读下文知为家贫所迫。侵晨，凌晨，

天将晓时。杜甫《驱竖子摘苍耳》诗"侵晨驱之去"。鹄
立，如鹄引颈而立，喻盼望。有人坐车，赚钱养家。苏
轼《正月十四夜》诗"侍臣鹄立通明殿"。寂寂，冷清，
静悄悄。《孔雀东南飞》"寂寂人定初"。徘徊，来回走。
陶潜《饮酒》诗："徘徊无定止，夜夜声转悲。"

〔二〕何之，之何，到何处。之，往也。杜甫《秦州
杂诗》："万方声一概，吾道竟何之！"胡，何，为什么。
《诗·邶风·式微》："式微式微，胡不归？"

〔三〕顾，回头看。任，胜任。驱驰，奔跑疾行。
《汉书·周亚夫传》"军中不得驱驰"。汉乐府《西门行》
"为乐当及时"，此借用成句，语含讥刺。

〔四〕拂拭，擦。《景德传灯录》："时时勤拂拭，莫
遣有尘埃。"慎，表示禁戒，相当于"千万"。《孔雀东南
飞》"慎勿违吾语""遣去慎莫留"。以上第二段叙述车
夫千方百计揽客的经过。两个"笑"字见出潜悲辛。杜
甫诗"强将笑语供主人"。作者吸收汉乐府创作经验，使
用对话方式，保持了事件的客观性，也加强了诗的戏
剧性。

〔五〕不盈百，言极少。盈，满。殷勤，热情周到。

重，又。费辞，费口舌，说很多好话。一，竟然。敢，哪敢。杜甫《兵车行》："役夫敢伸恨？"凉飙（biāo），凉风飕飕，形容疾驰生风。生两毂，从两个车轮生起。叱咤，呵斥、怒喝。《汉书·王吉传》："驰骋不止，口倦乎叱咤。"故，故意。汉乐府《孔雀东南飞》"大人故嫌迟"。拼将，拼上，口语。将，助词无义。嗤（chī），讥笑。汉乐府《西门行》"但为后世嗤"。这几句描写车夫为挣几个活命的小钱而不要命地奔跑，绘形绘神。

〔六〕难任，难以支持，撑不住了。蹶蹶（guì），惊动貌。衢（qū），大路。杜甫《后出塞》"议者死路衢"。朱琦诗"死者横陈委路衢"。诧失足，惊讶跌倒。斯须，片刻，指一会儿就死了。杜甫《遣怀》："杀人红尘里，报答在斯须。"徜徉（cháng yáng），心安理得，大摇大摆。置若罔闻知，像什么也没发生过一样，若无其事。第三段写车夫的惨死。世之冷漠，客之无情，激人义愤。用对比反衬的手法，增强了艺术感染力。

〔七〕第四段写家人盼归，等米为炊，却不知人死路旁。人间惨事莫过于此，读之断肠！吁嗟（xū jiē），叹息，表示哀伤。柴扉，柴门，用树枝编扎做门，言其贫穷。刘长卿《酬李穆》诗:"欲拂柴门迎远客,青苔黄叶满贫家。"倚篱,倚门而望,形容老母盼子归的殷切心情。金和诗"老母痛苦常倚闾"。盎,一种口小腹大的容器。糜,粥。《释名·释饮食》:"糜,煮米使糜烂也。"解事,懂事。杜甫《彭衙行》:"小儿强解事,故索苦李餐。"又《百忧集行》:"痴儿不知父子礼,叫怒索饭啼门东。"绕膝,围在身边。杜甫《羌村》"娇儿不离膝"。这几句写一家老小忍饥挨饿濒于绝境,望眼不归人的凄惨境况。

〔八〕这是作者忠告世人,要关注社会弱势群体的悲惨境遇并给以救助。寄谢,传话告诉。《孔雀东南飞》:"多谢后世人,戒之慎勿忘。"孟浩然《同独孤使君》:"寄谢东阳守,何如八咏楼?"杜甫《莫相疑行》:"寄谢悠悠世上儿,不争好恶莫相疑。"结作劝诫语,亦乐府之体宜尔。——不无巧合的是,两年后,1932年,臧克家先生也写了一首同题名篇《洋车夫》(后辑入《烙印》),新诗旧诗,异曲同工。死者已矣、存者渺茫的悲哀。今据《臧克家先生百年诞辰纪念文集》录出:"一片风啸湍激在林梢,雨从他鼻尖上大起来了,车上一盏可怜的小灯，照不破四周的黑影。/他的心是个古怪的谜，这样的风雨全不在意，呆着像一只水淋鸡，夜深了，还等什么呢？"

哑 巴 歌　并序（七古）

哑巴林姓，名全材，居与予近，喜与予攀谈，指天画地〔一〕，予亦雅爱之，用悉其平日行事〔二〕，盖善良人也，为感而作歌。

哑巴哑巴人真好，得闲即把院儿扫。前院后院数亩余，左右人家亦不少。事非关己谁肯为，哑巴兹行宜可表〔三〕。非惟好洁成天性，亦且勤俭多技巧。天晴赶场阴葺屋，捷若猱猿升木杪。习苦任劳无德色，抚育妻孥并寡嫂。〔四〕彼苍苍者岂无心，锡以双儿俱了了〔五〕。

我自去年来鞠漕〔六〕，客边情绪多烦恼。峨眉在望不可登，家山无路空魂绕〔七〕。文章未美复无用，米盐之事愁温饱〔八〕。也知玉碎无瓦全，也知皮去毛不保〔九〕。所痛事是非其人，所痛人心不可道〔十〕。昏昏终日眼若醉，惟

见哑巴一绝倒[十一]。对我咄咄每书空[十二]，有时雅雅如啼鸟。语虽不辨意有余，天真原自轻文藻。[十三]

因思吾侪读书为何事，得非题拂善类诛恶草[十四]？我今作此《哑巴歌》，长夜漫漫何时晓[十五]。

这是 1940 年川大在峨眉时居鞠漕村所作。通过对邻居——一位身患残疾却淳朴善良的哑巴农民的赞美，表达了一个正直的知识分子在艰难困苦中与劳动人民亲密无间的情怀，也揭露了当时世道沦落的社会现实。从这首诗中我们可以清楚地感受到如杜甫《遭田父泥饮》诗"指挥过无礼，未觉村野丑"所表现的那种对劳动人民的热爱。

〔一〕攀谈，拉扯闲谈。指天画地，边说边用手比画，忘情忘形，一心让人明白的样子。章太炎《邹容传》："与人言，指天画地。"

〔二〕雅，平日、一向。用悉，因此熟悉。行事，所做的事。

〔三〕毛泽东《反对自由主义》："事不关己，高高挂起。"《金瓶梅》："各人自扫檐前雪，莫管他家屋上霜。"这是一种社会陋习。兹，这，指哑巴主动替人扫院，助人为乐。表，表扬。

〔四〕赶场，赶集，犹滇中谓赶街子。葺（qì），修。杪（miǎo），树枝的细梢。无德色，无德人之色，没有丝毫施人恩德的神色。孥（nú），儿女。《诗经》："宜尔室家，乐尔妻孥。"

〔五〕"彼苍"两句是说善有善报。苍苍，借指上天。锡，通赐。《诗经·鲁颂·閟宫》："天锡公纯嘏（上天赐你大福）。"段玉裁注："经传多假'锡'为'赐'字，凡言'锡予'者，即'赐'之假借也。"故锡为上予下之专称。杜甫诗"锡号戴慈亲"。清人张问陶诗："嘉名亦天锡，不费乃翁事。"了了，聪明懂事。《世说新语》："小时了了。"——以上十四句为第一段，记叙哑巴的为人行事，赞扬他助人为乐、勤俭善良的美德。

〔六〕作者自注："鞠漕，村名，实一大地主庄园。川大迁峨眉，本部设报国寺，一年级则住鞠漕。然其地实胜，峨眉绝顶，举目可见。时下之琳亦住此，彼已再登，予竟缺于'一览'。"去年，1939年。

〔七〕家山，故乡。钱起诗："柳岸向家山。"空，徒然，白白地。绕，缠绕。

〔八〕"文章两句"，上句说不能靠卖文为活，即前诗所谓"可怜小技子云辞"之意。下句说生活困难，连饭也吃不饱。廖仲安注："团聚之愿虽遂，家庭经济负担随之日益加重。"

〔九〕"也知"两句化用成语。《北齐书·元景安传》："大丈夫宁可玉碎，不能瓦全。"喻宁愿为正义而死，不愿苟且偷生。《左传》："四德皆失，何以守国？虢射曰：'皮之不存，毛将安傅（又作"焉附"）？'"喻事物失其根本，就不能存在。

〔十〕事是非其人，事情做对了而人却受到非难，即韩愈所说"事修而谤兴"之意。不可道，犹言叵测。廖仲安注："这显然指抗战后方种种黑暗，缄口难言。"

〔十一〕"昏昏"两句，上句写自己整日烦恼，打不起精神。醉，看不清。下句写哑巴的可爱可敬。绝倒，极高兴极倾倒的样子。张问陶诗："画入诗龛应绝倒。"《新五代史》："左右皆失笑，帝亦自绝倒。"又《世说新语》："每闻卫玠言，辄叹息绝倒。"

〔十二〕咄咄，叹词，表示感慨。陈子昂《感遇》诗

"咄咄安可言"。书空，用手指在空中虚画比方。《世说新语·黜免》："殷中军（殷浩）被废，徒信安，终日恒书空作字，……惟作'咄咄怪事'四字而已。"杜甫《清明》诗："悠悠伏枕左书空。"又《寄刘峡州》："咄咄宁书字。"李贺《唐儿歌》："浓笑书空作唐字。"

〔十三〕雅雅，象声词。轻文藻，不用借重文辞。——以上十六句为第二段，写作者的感受，表现哑巴善解人意、天真可爱的性格。

〔十四〕吾侪（chái），我们这些人。得非，难道不是。题拂，提拔、褒扬。《后汉书·党锢传序》："激扬名声，互相题拂。"扬善惩恶是这首诗的主旨。

〔十五〕"我今"结句化用成句。杜甫《茅屋为秋风所破歌》："长夜沾湿何由彻！"宁戚《饭牛歌》："长夜漫漫何时旦？"——以上四句为第三段，说明作意。作者从这位哑巴农民身上看到了知识分子扶善惩恶的责任，表达了对民族解放、国家强盛的渴望。——1998年8月，我偕子海川赴成都开会，就便去峨眉寻访鞠漕村，村名今作和平村。村里老人仍记着当年我家邻居哑巴林全材，称其善良，惜其已于1960年去世，享年50岁。然未见到他的后人。

早　断　并序（五律）

　　抗战以还，已有两犊，而妻复孕，因议以予人。卧床仰屋，悲不自已，率尔成咏[一]。

　　好去娇儿女[二]，休牵弱母心[三]。啼时声莫大，逗者笑宜深[四]。赤县方流血，苍天不雨金[五]。修江与灵谷，是尔故山林[六]。

　　（最早发表于当年的《饮河》诗刊）

　　这首诗作于 1943 年，时执教昆明西南联大。早断，先决定，谓子未生而先决定送人。由于抗战形势严酷，作者在昆明的五年，家境日益艰难，曾不得不卖掉心爱的书籍，不得不兼教大学、中学乃至小学。然而即便如此，也不能维持一家人的温饱。小孩尚未出生，先议定送人，痛何如哉，于是写下这首诗。诗发表后，有读者致函说"沉痛真挚，读之泪下"，并殷勤探询。本诗通篇做父母嘱子之语，宛如对面，殷殷眷眷，三致意焉，怜爱歔欷，情见乎辞，闻者动容。堂堂大学教授尚且养不起孩子，当时百姓之惨，侵略战争带来的深重灾难，自可想见。

〔一〕仰屋，仰望屋顶，形容处于困境，无可奈何。《通鉴》："口虽不言，而仰屋窃叹。"率尔，不及细想。所谓"有足悲者，因直歌其事"。

〔二〕首句唤儿女，声声是泪，撕心裂肺。好去，居者安慰行者之辞，犹言保重，好好地去吧。马致远曲："道一声好去，早两泪双垂。"杜甫诗："好去张公子，通家别恨添。"白居易诗："一看一肠断，好去莫回头。"刘禹锡诗："春尽絮飞留不得，随风好去落谁家。"唐人金地藏诗："好去不须频下泪。"儿女之上著一"娇"字，见得金贵，如掌上明珠，非不喜爱，是无奈啊！

〔三〕这句轻声嘱咐去他家要乖，不要让身心疲惫的羸弱的母亲挂心。牵，使动，使牵挂。杜诗"休牵俗眼惊"。

〔四〕"啼时"两句是说希望你在别人家能讨人喜欢，善解人意。

〔五〕赤县，古指中国。《史记·孟子荀卿列传》：

"中国名曰赤县神州。"雨，名词用作动词，掉下、落下。杨衒之《洛阳伽蓝记》："发言雨泪，哀不自胜。"杜甫《前出塞》诗："驱马天雨雪。"陆游《喜雨歌》诗："不雨珠，不雨玉，六月得雨真雨粟。"这两句解释送养的原因。因为家贫，因为国家在抗战，天地在流血，天上也不会掉下活命的金钱。实在没有别的办法。希望孩子能原谅，谅解父母的苦衷。真真是舍不得的。

〔六〕作者自注："予籍江西临川，有灵谷（王安石尝称'为江南之名山'），妻籍武宁，修水所经。妻以操劳过度，一女早产，三日而夭，结句殆成'诗谶'。予今复得一犊，而卒无女可念也。丁亥（1946年）秋，涤非附志。"杜甫诗："所愧为人父，无食致夭折。"龚自珍诗："诗谶吾生信有之。"白居易《哭崔儿》诗："岂料汝先为异物。"末两句是说，武宁和临川，就是你的故乡。勿忘所自出。即使你被送人，也还是我们家的孩子。爸爸妈妈会永远记着你。白居易《慈乌夜啼》诗："慈乌失其母，哑哑吐哀音。昼夜不飞去，经年守故林。"异曲同工。——廖仲安先生说："读着这首诗，不能不令人想到杜甫《三绝句》里那个逃荒的农民'自说二女啮臂时，回头更向秦云哭'，也想起《自京赴奉先县咏怀五百字》里杜甫'入门闻号啕，幼子饿已卒'时的心情。可见萧先生在未写《杜甫研究》《杜甫诗选注》以前，早就热爱杜诗，并体验了杜甫在安史之乱中经历过的苦难，也早就写出了一些内容风格都近似杜甫的旧体诗。"（《忆萧涤非师》）这话很有见地。

桃源风高，被冷无眠，却起炭炉，独坐赋此 （五律）

予今无可叹，所叹是吾妻[一]。病羽将雏小，柔荑拄户低[二]。肠从思处断，灯向夜深凄[三]。万里天南客，何时释鼓鞞[四]。

（曾发表于《饮河》诗刊）

这首和前首《早断》诗为同时之作，表达对苦命妻子的感愧以及对和平生活的向往，主题是咏妻。妻在抗战期间，凡三次抱着仅有几个月的小孩四处谋生，长途跋涉，历尽艰辛。她体质虽弱，却硬是自己奶大了三个儿子。妻是作者一生的真爱。作者永远感激她，感激她五十三年风雨同舟，相濡以沫。1989年夏，妻弥留之际，作者俯身耳语："你跟我吃了一辈子苦，我对不起你。我是永远属于你的。你死后，你的房间不动。你放心吧。"为这铭心的姻缘画上了一个充满真情的句号。桃源，作者当时居家处，在昆明城南跑马山。却，又。杜甫《乾元中寓居同谷县作》诗："我生胡为在穷谷，中夜起坐万感集。"

〔一〕"予今"两句点题。为妻劳苦而难过，所谓"避地何时免愁苦""叹息肠内热"。上句是对现状的失望，心灰意冷；下句是说放不下心的是苦了自己的妻子。

〔二〕"病羽"两句写妻子倾心为家，吃苦耐劳。妻以赢弱之躯含辛茹苦抚育幼儿，十分精心；以一双纤手苦苦支撑这个家，不免憔悴。适如杜甫之叹："疏布缠枯骨，奔走苦不暖。""妻孥复随我，回首共悲叹。"（《逃难》）病羽，自创之词，喻赢弱之妻。将雏，携带幼子。杜甫《清明》诗："十年蹴鞠将雏远，万里秋千习俗同。"鲁迅诗："挈妇将雏鬓有丝。"小，精细、小心翼翼。杜甫《洗兵马》诗："成王功大心转小。"柔荑（tí），柔嫩的茅草初芽。本喻女子纤细之手，此喻娇妻。《诗经》：

"手如柔荑。"低，低摧，憔悴的样子。柳宗元《闵生赋》："形低摧而自愍。"

〔三〕"肠从"两句写对妻的歉疚。念妻之苦，肠也痛断，灯也凄然。夜深灯凄，扣题"无眠"，更深层含义则是杜甫所谓"不眠忧战伐，无力正乾坤"（《宿江边阁》）。肠断，形容极度悲痛。语出《世说新语·黜免》："部伍中有得猿子者，其母缘岸哀号，行百余里，不去，遂跳上船，至便即绝。破视其腹中，肠皆寸寸断。"谢灵运诗："楚人心昔绝，越客肠今断。"杜甫诗："旧好肠堪断，新愁眼欲穿。"又"孤城此日堪肠断，愁对寒云雪满山"。白居易诗："夜雨闻铃肠断声。"作者曾说："1943年，也就是抗日战争已进入最后阶段的第六年，那时我在昆明西南联大，为避日机轰炸，住在城南二十里的跑马山，没有电，没有煤油，真是一灯如豆。"（《汉魏六朝乐府文学史》后记）

〔四〕天南，指南方。此指云南。柳亚子《元旦》诗："天南鼙鼓喧阗起。"客，自谓。杜甫诗"东来万里客"。释，停止。鼓鼙（pí），大鼓和小鼓，古代军中常用的乐器，借指战事。杜甫《暮归》诗："南渡桂水阙舟楫，北归秦川多鼓鞞。"末两句是说颠簸万里，避难西南的我们，何时才能盼来抗战胜利的一天，返回家园，过上和平安定的生活。应当说，这也是当时中国人的共同心愿。结句是主旨，正如杜甫所说"战伐何由定，哀伤不在兹"（《暮春题瀼西新赁草屋》）。因为艰苦卓绝的抗日战争已经打了六年，"战血流依旧，军声动至今""兵革未休息""干戈尚纵横"（杜甫《风疾舟中》）。——廖仲安先生说："1988年教师节那天，萧先生给我选抄他的《有是斋诗草》的时候，在这首后面批了两句：'病羽一联，自谓不减老杜。狂言聊发，仲安一笑。'我以为先生熔铸《诗经》、乐府的语言，推陈出新的方法，本是继承杜学，形容子幼母慈的艰苦生活情景，与杜甫'世乱怜渠小，家贫仰母慈'的情怀，也颇为相似。"（《抗战时期三位热爱杜诗的现代作家和学者》）所言极是。

哭潘琰君二首　并序（其一　七律）

书昆明乙酉十二月一日事[一]。潘君，余女弟子也[二]。死难者四人，君其一也[三]。

堂堂黉宇变屠宫[四]，血染青天白日红[五]。载籍应无前例在，先生谁不动于中[六]。休言辍讲争三日[七]，剩欲归耕老一农[八]。世事已知无处说，低眉深觉负春风[九]。

此篇作于 1945 年 12 月 1 日昆明惨案后。闻一多先生说："奋身救护受伤同学的联大学生潘琰小姐，已经胸前被手榴弹炸伤，手指被弹片削掉，倒地后，腹部上又被猛戳三刀，便于当日下午五时半在云大医院的病榻上，喊着'同学们团结呀！'，与世长辞了。"（《"一二·一"运动始末记》，以下引文均此）陶行知先生《闻昆明学生因反内战而流血有感》诗："流血/流胜利血/流内战血/现在是反内战也要流血。战士流血/人民流血/现在是学生也轮到流血。"这首诗就是痛悼自己的学生潘琰烈士，表达对反动派残杀爱国学生的不可遏抑的悲愤。鲁迅先生《记念刘和珍君》说："她不是'苟活到现在的我'的学生，是为了中国而死的中国的青年。""我应该对她奉献我的悲哀与尊敬。"

〔一〕乙酉十二月一日事，即"一二·一"运动。抗日战争胜利后，国民党统治区青年学生的"反内战争民主"的爱国运动。1945年12月1日，国民党军警特务至昆明各校殴打罢课学生并投掷手榴弹，打死四人，伤二十余人，时称"昆明惨案"。次日，各界举行公祭，达十五万人。全国各大中城市纷纷声援，掀起了全国的反内战运动。

〔二〕潘琰烈士，江苏徐州人。时为西南联大师范学院学生，廖仲安先生"同班的一位大姐"。

〔三〕四烈士为于再（南菁中学教师）、潘琰、李鲁连（联大学生）、张华昌（昆华工校学生）。

〔四〕堂堂，庄严高敞。黉宇，谓学舍。《后汉书·儒林传》："更修黉宇，凡所造横，二百四十房。"闻一多先生说："十二月一日，从上午九时到下午四时，大批的特务和身着制服、佩戴符号的军人，携带武器，分批闯入云南大学、中法大学、联大工学院、师范学院、联大附中等五处，捣毁校具，劫掠财物，殴打师生。""在联大师范学院，正当铁棍、石头飞舞之中，大批学生已经负伤倒地，又飞来三颗手榴弹，中弹重伤的联大学生李鲁连君，仅只奄奄一息了，又在送往医院的途中，被暴徒拦住，惨遭毒手，遂至登时气绝。"这便是"变屠宫"的事实。

〔五〕"青天白日红"，一语双关。一谓光天化日之下公然行凶杀人，二谓国民党的"青天白日满地红"旗，指为凶手。韩愈《同水部张员外籍》诗："青天白日映楼台。"1927年北伐胜利时，谢觉哉诗云："白日青天竟倒吴（北洋军阀吴佩孚）。"马叙伦《昆明民主运动死难师生挽歌》："遗血殷殷在国旗。"据作者说，这下可触恼了反动派，当夜就有人找上门来威胁，说他有意侮辱"党国"，要他当心点！作者申辩道："事情本来就发生在光天化日之下的，我并没有造谣！"首两句怒斥国民党军警特务屠杀爱国学生的法西斯暴行。廖仲安注："就用杜甫式的诗史直笔，愤怒地指向'青天白日'。"田汉《素车百里吊来迟》诗："谁教忧国血成池。"

〔六〕"载籍"两句是说暴行之暴，简直是史无前例，有正义感的老师深感震惊和悲痛，都已经出离愤怒了。载籍，典籍、书籍。《史记》："载籍极博。"中，内心。柳亚子《追悼昆明被难师生感赋》诗："丧心愤群丑，切齿誓同仇。"

〔七〕作者自注："惨案发生后，联大召开教授会，有人提议罢教三天，声援同学，以十九票未得通过。"休言，不要说。争，争得。

〔八〕剩欲，更想。陈师道《春怀示邻里》诗："剩欲出门追语笑，却嫌归鬓逐尘河。"辛弃疾《西江月》词："剩欲读书已懒，只因多病长闲。"这两句无比愤激。岂止是罢教三天，更想回去种田，做个农民，了此一生，永远不再教书了。

〔九〕"世事"两句愤世自责。社会黑暗到了无处讲理的地步，更无力保护自己的学生，深感为师有愧。世事，时事，指惨案。低眉，低头沉思。鲁迅诗："吟罢低眉无写处。"负，愧。《论衡》："惭于乡里，负于论议。"杜甫《正月三日归溪上有作》诗："白头趋幕府，深觉负平生。"春风，喻良师的教导，此喻良师。《宋史·李侗传》："如春风发物。"

（选自《有是斋诗草笺注》，萧涤非著，萧光乾笺注，收入《萧涤非杜甫研究全集》附编，黑龙江教育出版社2006年版。）

附录二　读诗三札记（黄节先生主讲）

《读诗三札记》，包括曹植、阮籍、谢灵运三家的诗。名曰札记，其实是笔记，因为基本上都是黄节先生所讲的。（我是先写阮籍后写曹植的，现以作家年代为序。）

黄先生本是北大的老教授，大约是 1929 年，他到清华大学讲课，先后给我们开了《诗经》（他有《诗旨纂辞》，未完）、乐府（他是第一个在大学里讲乐府的，有《汉魏乐府风笺》）、曹植诗、阮籍诗、谢灵运诗和鲍照诗（均有注）等几门课。这几门课，他在北大都不只讲一次，据他说，曹植诗讲过三次，有位同学也就听了三次（毕业后还来听）。但使人奇怪的是，竟没有一个人把他的言论作一番整理记录。我觉得这是一个缺陷，因为黄先生不仅是一位诗学专家，同时也是一位诗人，他的言论，无论是对研究者或创作者来说，都是值得重视的。所以我便利用学习的机会，趁着记忆犹新的时候，写成了这三篇札记。现在作家出版社打算把三篇札记附录在三家诗注之后，我认为有必要，也是符合个人的初心的。

这三篇札记写作的确实年份，我已记不清。前两篇大概写于1930年，由吴宓先生发表在《学衡》第70期上；后一篇大概写于1931年，由朱自清先生发表在清华大学《中国文学会月刊》第一卷上。当然，先生的言论是不可能都正确的，但为了保存真相，作为一种历史文献，在这里除了补正一些字句的讹脱外，不拟作任何修改。文中重点，是先生当日所加，现在也仍然保留。（谢诗札记因排印时删去重点，原稿早佚，只好从略。）

记得是1933年，我要到青岛来教书，辞行时，曾向他提出这样一个问题：怎样才能写出好诗？我的意思自然是希望他能传授我一些写诗的秘诀。但是使我很失望，他在沉默片刻之后，只淡淡地说了一句："不要勉强！"他既无下文，我也不敢追问。后来我才渐渐体验到这句话的深刻意义——其实这也就是写诗的秘诀。不错，在勉强的情况下要写出一篇动人的好诗，确实是困难的。

因为我觉得这句简单的话至今还有它的启发作用，所以顺便记在这里。黄先生是 1935 年正月病死在北平的，我从青岛去协同办理丧事。令人伤心的是，差不多和棺材抬出的同时，他的藏书也送进了书店。其中数百种有关《诗经》的书，一时分散，尤为可惜。这就是旧社会对一位老专家的"待遇"了。

1956 年 7 月 27 日于青岛山大

附　记

记得在整理登记黄先生的遗书时，我意外地发现在一本书中夹有章太炎先生写的十几张小收条，宽约五厘米，长约十五厘米，纸是那时小孩描红用的薄竹纸，上面写着某月某日收到某物若干，下署"炳麟"二字，却没有上款。鲁迅先生曾说太炎先生"三入牢狱"，这当是 1913 年 6 月至 1916 年 8 月期间，太炎先生因反对袁世凯而被禁锢在北京的这一次写的，因为这时黄先生已来北京大学任教。同时我还看到黄先生写给当时北大校长蔡元培的一封长信。信中痛斥刘师培的反复无常，助桀为虐，卖友求荣，不堪为人师表（刘最初加入"光复会"，后竟堕落为"筹安会"成员，时亦任教北大）。这些都是很可珍贵的文物，当时先生遗稿是由先生之婿李君保存的，全部带回广东，今亦不知尚在人间否。先生讲诗，往往强调诗人"行己立身"之重要，于此有以见先生之自处，非徒托之空言也。

1983 年 5 月 1 日涤非识。

一、读曹子建诗札记

是篇之作，亦多就黄节先生平日所讲而成。其间新义，往往有为嗣宗诗中所未发者，亦有足互相参证者，缘复以札记体笔出之。

诗至"建安七子"，而古今之风会为之一转。子建与彼七子同时，世称"天下才一石，子建独得八斗"。盖其才力之大，足以承前而启后，为当世所不及也。《诗品》称："其源出于国风。骨气奇高，词采华茂，情兼雅怨，体被文质。粲溢今古，卓尔不群。嗟乎，陈思之于文章也，譬人伦之有周孔，鳞羽之有龙凤，音乐之有琴笙，女工之有黼黻。俾尔怀铅吮墨者，抱篇章而景慕，映余晖以自烛。故孔氏之门如用诗，则公干升堂，思王入室。景阳、潘、陆，自可坐于廊庑之间矣。"非虚语也。然子建之天才虽高，实亦受环境之玉成。世云"物不得其平则鸣"，又云"诗穷而后益工"，此不易之理也。子建于文帝为兄弟，于朝廷为宗室，位列藩侯，令行一国，疑若富且贵矣。然自文帝即位，数年间屡徙其邑，忠而见谤，亲而见疑，怀才招忌，几至不保，其境地之险恶，实不减于嗣宗；而其中心之痛苦，殆又有过焉者也。此其穷困，与匹夫匹妇之止于啼饥号寒者，不可同年而语矣。向使子建优游逸豫，得行其志愿于一时，则虽可无"骋我径寸翰，流藻垂华芬"之叹，而其诗必不能臻此。其于诗学之损失，不已巨乎。以彼易此，吾所不许也。兹举其诗中之特质，及有关于诗道变迁之迹者，分条言之。其他绪论，亦附见于后。

（一）**调** 古诗不假思索，无意谋篇，子建则起调必工。如《鰕䱇篇》之"鰕䱇游潢潦，不知江海流"。《泰山梁甫行》之"八方各异气，千里殊风雨"。《杂诗》之"高台多悲风，朝日照北林"。《矫志诗》之"芝桂虽芳，难以饵鱼。尸位素餐，难以成居"。《三良诗》之"功名不可为，忠义我所安"。《野田黄雀行》之"高树多悲风，海水扬其波。利剑不在掌，结友何须多"。《五游咏》之"九州不足步，愿得凌云翔"。《怨歌行》之"为君既不易，为臣良独难"。《七哀》之"明月照高楼，流光正徘徊"。《当事君行》之"人各有所尚，出门各异情"。《精微篇》之"精微烂金石，至心动神明"。要皆喷薄而出，笼罩全篇，盖有意为之也。

（二）**句** 古诗中作对语者极少，子建则句甚工整。如《公宴》诗之"秋兰被长坂，朱华冒绿池。潜鱼跃清波，好鸟鸣高枝"。《赠丁仪》之"凝霜依玉除，清风飘飞阁。朝云不归山，霖雨成川泽"。此已开六朝之风格，第无定法耳。

（三）**字** 古诗不假锻炼，子建则用字精审。如《公宴》诗之"朱华冒绿池"，"冒"字即为子建创语，后人沿用者皆祖此；《侍太子坐》之"时雨静飞尘"，《离友诗》之"木感气兮条叶辞"，鲍明远诗"别叶乍辞风"正用此。又《箜篌引》之"惊风飘白日，光景驰西流"。于状词动词之选用皆经推敲而后定，故极新颖。

（四）**声** 古诗虽有平仄双声叠韵，然皆出于自然，子建则平仄妥帖，如《仙人篇》之"四海一何局，九州安所如"。《赠白马王彪》之"孤魂翔故域，灵柩寄京师"。《圣皇篇》之"鸿胪拥节旄，副使随经营"。《情诗》之"游鱼潜绿水，翔鸟薄天飞"。"始出严霜结，今来白露晞。"皆音节谐协。而《鰕䱇篇》之"驾言登五岳，然后小陵丘"。则尤有飘逸之气度。观"利剑不在掌"用"掌"而不用"手"，亦系音节关系。

（五）**不空发议论**　汉魏六朝之诗，叙事多而议论少，子建诗中如《圣皇篇》写就国时之情形，满怀勃郁，却无一句牢骚话。只将当日实事，委曲写出，令人于言外见其意。如云："便时舍外殿，宫省寂无人。主上增顾念，皇母怀苦辛。"则知当时文帝实无赐授，即有赐授，恐亦为太后之故。则诗中所云"何以为赠赐？倾府竭宝珍"诸语，皆为具文矣。而文帝之刻薄寡恩，更不待言。又如《责躬》诗："车服有辉，旗旌有叙。济济隽义，我弼我辅。"本极不满意，却作极赞颂之语，言外便见受文帝监视。此亦即所谓微词是也。较空发议论一览无余者，耐人寻味多矣。子建诗中亦间有发议论者，如《精微篇》："多男亦何为？一女足成居。""刑措民无枉，怨女复何为。"但甚简耳。本来诗歌只在能将事情原原本本明白说出，是非真伪，读者自见。如《名都篇》刺时人骑射之妙，游骋之乐，便只一味直说。又《丹霞蔽日行》亦然。后人唯杜工部解此。至于微词，乃专制时代中一种不得已之办法，故一篇之中，亦时多矛盾处，非诗之极则如此也。宋时乃更以论事之方法作诗，失之远矣。《精微篇》凡三易韵，开唐宋后转韵诗之风。

（六）**结语** 严沧浪谓：“诗对句好易，起句好难，而结句好尤难。”余观子建诗，其结语独高，往往出人意表。大有“山穷水尽疑无路，柳暗花明又一村”之奇胜。盖其诗多用进一步写法，层出不穷，愈转愈高，至结意遂登峰造极矣。如《七哀诗》：“君若清路尘，妾若浊水泥。浮沉各异势，会合何时谐？”似已言尽意穷，再无可说。乃下一转云：“愿为西南风，长逝入君怀。”再转云：“君怀良不开，贱妾当何依？”二转而情意益深厚。又如《吁嗟篇》：“流转无恒处，谁知吾苦艰？”下一转云：“愿为中林草，秋随野火燔。糜灭岂不痛？愿与根荄连！”亦然。又如《名都篇》结四句云：“白日西南驰，光景不可攀。云散还城邑，清晨复来还。”一结便有无限感慨。又《圣皇篇》：“车轮为徘徊，四马踌躇鸣。路人尚酸鼻，何况骨肉情！”亦复如是。其他类此者尚多。要之子建诗虽作意在起调，而结语亦所注重。

（七）**怨而不乱** 此为子建诗最高处。盖得诗人温柔敦厚之旨也。如《浮萍篇》之“恪勤在朝夕，无端获罪尤""行云有反期，君恩倘中还"。《种葛篇》之"往古皆欢遇，我独困于今。弃置委天命，悠悠安可任"。《吁嗟篇》之"吁嗟此转蓬，居世何独然""流转无恒处，谁知吾苦艰"。又《杂诗》之"人皆弃旧爱，君岂若平生"，亦忠厚之至也。

（八）**游仙之思想**　游仙之作远起于屈原。其后，汉乐府中亦多有之。子建类此者亦不少。如《游仙》《五游咏》《远游篇》《仙人篇》《升天行》。此种作品之发生，为诗歌中一大转变，盖由于作者之失意，道不得行，才不见用，故不免愤时嫉俗，厌弃人间，心理思想，陷于极端之悲哀痛苦，悲哀痛苦以至于无可奈何，万不得不自谋解脱，因而玄想天上，托意远游以自适。子建诸作亦即如此。要不外《楚辞·远游》"悲时俗之迫厄，愿轻举而远游"之意。是虚无缥缈语，是无聊赖语，是至情至理语。然自汉以下，率多模拟之作，与此则真伪有间矣。又《五游咏》一诗起句："九州不足步，愿得陵云翔。"便逼出五游意，以下依次写去，宫殿人物，秩然不紊，甚为可法。又此诗多两句一意，平联而下，开后五言排律之体。

（九）**字句之变化**　子建诗纯以意境为主，初不斤斤于字句之如何。如《弃妇诗》："拊心长叹息，无子当归宁。有子月经天，无子若流星。""无子""有子""无子"连用不避。然亦有刻意变化者，如《箜篌引》"秦筝何慷慨，齐瑟和且柔"，不云"齐瑟且和柔"，又如《斗鸡》"长筵坐戏客，斗鸡观闲房"，不云"闲房观斗鸡"，皆上下句故使错对。又如《种葛篇》："下有交颈兽，仰见双飞禽。"本是"上有"，却用"仰见"二字。此等虽小道，无关大体，然正可见古人用心处，不容忽略。

（十）**乐府**　魏时乐府，与汉不同。曹氏父子，多借古题作新诗，与五言诗无异，其音节亦多乖离。子建五言诗与乐府之分别，亦只在借题与否。亦有自拟题者，如《种葛篇》。后杜工部知乐府万不可拟，故另创新题，作新词，为乐府之又一变。

（十一）**四言诗**　子建所作四言诗，《责躬》《应诏》，皆模仿《三百篇》，《元会》造句亦不古，只是平铺直叙。无《三百篇》变化错综之妙。《朔风诗》，则以作五言方法作四言。唯《矫志》一篇，别具面目，最可效法。盖以其善于用比也。其余诸篇，亦极平常。"文变染乎世情，兴废系乎时序"，有不可强者矣。

大家诗中往往有极闲之句，极笨拙之句，然却是极关紧要处，极含有意义处。如子建《公宴》之"公子敬爱客，终宴不知疲"。《斗鸡诗》之"主人寂无为，众宾进乐方"。于诗似了无好处，然却少此语不得。后人第知清词丽句之为诗，故只能为一名家而已。

汉魏诗有助字助句法，用意只在陪衬，不以重复为嫌。助字，如子建《杂诗》之"愿欲一轻济""愿欲托遗音"，"愿欲"二字意本同。助句，如《公宴》之"神飙接丹毂，轻辇随风移"二句，意亦重。此皆为唐时诗人所不肯道。平心而论，篇法以汉魏为密，而句法则以唐。然亦正以密故，往往失却当前情景之真相，无中生有，节外生枝，要亦是一病。

汉魏诗多有重言而用一字者。如子建《赠丁仪》之"凝霜依玉除，清风飘飞阁"，《鰕䱇篇》之"猛气纵横浮"，皆是也。"浮"字向皆作动词解，实误。《大雅·生民传》曰："浮浮，气也。"是"浮"乃形容气之貌，此曰浮者，重言而用一字也。

子建赠诗，与后人不同，皆系先写当时事情（后人则多从所赠之人说起），故初看《赠徐干》《赠丁仪》诸诗，不类送别之作。又赠诗，古人所重。非平日亲知，不苟作也。观子建送赠诸作，要皆含有劝勉之意。赠诗如赠物，须看出所赠者之需要。

《赠白马王彪》诗："鸱枭鸣衡轭，豺狼当路衢，苍蝇间白黑，谗巧令亲疏。"四句先比而后赋，为唐以下所效法。嗣宗《咏怀》："单帷蔽白日，高树隔微声。谗邪使交疏，浮云令昼冥。"以主句位于第三，则微有变化矣。然当以子建为正格。昔沧浪谓"少陵诗法如孙吴，太白诗法如李广"，余于子建、嗣宗亦云。

最善言情之诗，只是在模棱髣髴之间，不以分析微细为贵。读之似浅，而含情实深。如子建《赠白马王彪》诸诗。近世作诗者，言情愈猥亵显露，愈浅薄不能动人矣。又作诗固重学习，尤贵养心。先儒所谓静中养出端倪，此种工夫，诗人亦不可少。因对于哀乐之发须能有所节中，不使过分也。

子建《白马篇》，后人从军之作，多从此变化而来。

古人写景，多从自己立脚处写起。故东西南北秩然不紊。如《杂诗》之"高台多悲风，朝日照北林"。风而云悲者，诗人心境之感觉如此也。李善注："新语曰：高台喻京师，悲风言教令，朝日喻君之明，照北林言狭，比喻小人。"未免穿凿。又古人描写女子，无不写其眼睛者。如《神女赋》《李夫人赋》《美人赋》《洛神赋》皆可证。子建《美女篇》亦然。惟写法则稍有变化。不言美女头腰体态如何如何，而只写其被服佩戴之物，便觉有雅度。《野田黄雀行》首二句："高树多悲风，海水扬其波。"盖言世途风波之险。乃乐府《箜篌引》《公无渡河》之本意。惟下忽接云："利剑不在掌，结友何须多。"与上文不相连续。以"利剑"二句实是结语，置之于上，变化使然，不可连上讲也。观古人作品，须著眼一变字者以此。

中国数百年来之诗，所缺者唯一义字。作者皆以诗文为美术品，不惜勤一世于文字之间以供耳目之观好。而不知合乎义，则美亦在其中也。所谓义者，即事理之宜也。乃从修身力学中得来。惟后世于此道多不注意，故所谓诗人也者，亦大都流于迂阔而远于事功。观子建《圣皇》之作，可谓合乎义者矣。

二、读阮嗣宗诗札记

阮诗之难通，旧矣。《文心》云："阮旨遥深。"《诗品》谓："厥旨渊放，归趣难求，延年注解，怯言其志。"盖其命意遣词，穷极变化，而造怀指事，兴寄无端，风格高古，形态万千。后之学步邯郸者，既未得其髣髴，而浅见寡闻之士，又以眩于故实，艰于检讨，亦复望而生畏。于是《咏怀》之作，乃成千古绝响矣。余从黄节先生受阮诗，一年而竟其业。先生穷数载之力，成《阮步兵咏怀诗注》一书，精确详赡，搜集靡遗，而体会入微，尤多独到之见。发潜德之幽光，实后学之津梁。然先生平日所讲，妙旨精义，往往有超出于文字蹊径之外，而为注解所未详者。兹特就平日所录，作为札记一篇，略加组织，亦间出臆见，于嗣宗之身世思想及其作诗之艺术等逐加阐论。其亦治阮诗者之又一助欤。

阮诗为诗中最难理解者。揆其故，盖有二焉：其一为环境之关系。嗣宗于魏室，心怀眷恋，而不敢明诋晋室，以招非命，故一出之以隐语，迷离恍惚，莫可究诘。其二为用典之关系，汉魏诗用典本极随便，全凭一时记忆，信手拈来，故多与原来故事不同。《咏怀》诗中此类尤多，非细心寻绎，殆难究其指归也。如其四十二诗："园绮遁南岳，伯阳隐西戎。"以终南山为南岳，以流沙之西为西戎，即其例也。此在唐宋诗人便绝不敢道。

治阮诗应注意三点：观其志之所之；考其所处之环境，最忌穿凿附会；赏鉴其文艺。而尤以第二为最要。盖嗣宗在当时处于"进退维谷"之地，而内有难言之隐，无论仕与不仕，皆有生命之危险。故其诗如云龙，如雾豹，变化莫测，不可端倪。然亦非故作艰深以文浅陋也。此种诗难讲亦难学，亦不必学。惟读其诗者则于此点正不可不特别认清。

嗣宗诗之特点：用典变化；命意委曲；情感多哀乐同时而发。此点最为其奇特处，亦文章最难到处。此种境界，关系于作者之工夫火候，初非高才博学所能及也。盖哀乐分明，已白不易。

古今来有两大冤枉人，一为扬子云，一即嗣宗。然其说皆始于宋儒。子云古以比孟子、荀卿，而紫阳著

《通鉴纲目》乃直书之曰："莽大夫扬雄死。"张和仲《千百年眼》曾作《扬雄始末辨》，力言朱子之误，以年代推之，谓雄决无仕莽投阁美新之事。惟于嗣宗则据《本传》"常游府朝宴必与"，谓为"巧附司马昭"，又谓"至《劝进》之文，真情乃见"。是犹未识嗣宗之苦心也。悠悠千载，沉冤莫白，又岂独张氏一人作如是观哉。余按，本传："籍本有济世志，属魏晋之际，天下多故，名士少有全者，籍由是不与世事，遂酣饮为常。"盖事修而谤兴，德高而毁来，乃世道不易之理。嗣宗在当时声望极隆，倘再吸风饮露以自鸣其高，则杀身之祸，顷刻间事耳，非"明哲保身""居乱则愚"之旨也。嗣宗深知名高不仕，易招猜疑，故不得不阳为附和，曲与周旋，自晋初之东平相与步兵校尉，嗣宗且不能不謦折而为之，况一《劝进》之文耶？余谓凡嗣宗一切言行，要皆有"不得已"三字者在。若徒拘泥于其表面之形迹，则差之毫厘，谬以千里矣。贤不肖之相去，盖几希也。故未尝评论时事，口不臧否人物，非嗣宗之谨慎也，不得已也。美色当垆，沽酒醉卧，非嗣宗之好色嗜酒也，不得已也。露头散发，裸袒箕踞，非嗣宗之故为狂态也，不得已也。

放荡越礼，发言玄远，非嗣宗之旷达也，不得已也。《劝进》之作，亦犹是也。夫不得已而为之，此嗣宗之所痛心，而后人之所当曲谅者也。《咏怀》其五十四末二句云："谁云玉石同？泪下不可禁！"殆即为有感于此事而发。盖悲无由自明其心迹也。嗣宗于晋为逸民，于魏亦无君臣关系，观其四十九诗："岂有孤行士，垂涕悲故时？"以孤行士自况可知。然所作《劝进》之文，要亦自有分寸，所云："大魏之德，光于唐虞，明公盛勋，超于桓、文，然后临沧州而谢友伯，登箕山以揖许由，岂不盛乎。至公至平，谁与为邻？何必勤勤小让哉？"弦外之音，言外之意，固可想见也。

杜工部诗云："嗜酒狂嫌阮，知非晚笑蘧。"于嗣宗似亦有慊然，后世更无论矣。善夫《石林诗话》之言曰："晋人多言饮酒，有至于沉醉者，此未必意真在于酒，盖方时艰难，人各惧祸，唯托于醉，可以粗远世故。盖自陈平、曹参以来已用此策。《汉书》记陈平于刘、吕未判之际，日饮醇酒，戏妇人，是岂真好饮耶？曹参虽与此异，然方欲解秦之烦苛，付之清净，以酒杜人，是亦一术。不然，如蒯通辈无事而献说者，且将日走其门矣。

流传至嵇、阮、刘伶，皆全欲用此为保身之计，此意唯颜延年知之，故《五君咏》云：'刘伶善闭关，怀清灭闻见。韬精日沉饮，谁知非荒宴！'如是，饮者未必剧饮，醉者未必真醉也。后世不知此，凡溺于酒者往往以嵇、阮为例，濡首腐胁，亦何恨于死耶。"知言哉！余考《咏怀诗》中言及饮酒者绝无仅有，是亦可以知其为人矣。今观其诗，若："谁能秉志，如玉如金。处哀不伤，在乐不淫。"又："君子迈德，处约思纯。"又："君子克己，心絜冰霜。"又："人谁不没？贵使名全！"此岂嗜酒狂妄者之所能道耶？元遗山《论诗三十首》有云："纵横诗笔见高情，何物能浇块垒平。老阮不狂谁会得，出门一笑大江横。"世言英雄识英雄，吾谓诗道中亦复如是。

自来对于嗣宗之批评，即分两派：一、怀疑；二、称颂。怀疑派之言论，见伏义《与阮嗣宗书》。然多为表面与局部之观察，知其然而不知其所以然，故嗣宗答书并不针锋相对，盖不欲求知于人也。然书言："玄云无定体，应龙不常仪，或朝济夕卷，翕忽代兴，或泥潜天飞，晨降宵升，且局步于常衢，无为思远以自愁。"则嗣宗存心固可见也。称颂之说，见嵇叔良所作《东平相阮公碑》，殆无一字不满意。虽时有溢美之言，然语多中肯。如云："观屈谷鸣雁，是以处才不才之间；察巨瓠纬带，是以游有用无用之际。夸大辨而御之以纳，资大白而湾之以辱。"皆有见之言。夫为烈妇易，为贞妇则难。走极端以一死为快者易，能守其志而全其生者则难。明乎此始可与论嗣宗矣。沧浪谓观太白诗者要识真太白处，又学者于每篇中要识其安身立命处可也。余于观嗣宗诗者亦云然。

魏晋之交，老庄之学盛行，嗣宗亦著有《达老通庄》之论，然嗣宗实一纯粹之儒家也。内怀悲天悯人之心，而遭时不可为之世，于是乃混迹老庄，以玄虚恬淡，深自韬晦，盖所谓有托而逃焉者也，非嗣宗之初心也。此点自来无人见得。嵇叔良碑文铭，亦纯作道家语以为称颂，此实大谬。假如嗣宗真如所谓"天挺无欲，混齐荣辱，颐神大素，简迈时局"者，则亦不至蒿目时艰，而徘徊忉怛，以作《咏怀诗》矣。即作又何至如此之多也！此岂道家"绝圣弃智"以文字为糟粕之旨哉？要嗣宗处世之方，盖有得于老、庄者耳。观其四十五诗："竟知忧无益，岂若归太清。"又其七十九："但恨处非位，怆恨使心伤。"三复斯言，嗣宗之为嗣宗，其真面目可睹矣。天下最冷淡人，往往是最热心肠人。吾人于嗣宗之诗之个性皆当作如是观，方不受其愚也。

嗣宗为一个纯粹儒家之思想，诗中言及者不一而足，第后人多未细究耳。如："昔年十四五，志尚好书诗。被褐怀珠玉，颜闵相与期。"（《咏怀》诗八十二首其十五）"终身履薄冰，谁知我心焦？"（其三十三）"岂有明哲士，妖蛊诌媚生。轻薄在一时，安知百世名。"（其七十五）"河滨嗟虞，敢不希颜。志存明规，匪慕弹冠。我心伊何，其芳若兰。"（《咏怀》诗十三首其三）"谁能秉志，如玉如金。处哀不伤，在乐不淫。恭承明训，以慰我心。"（其四）"嗟我孔父，圣懿通玄。非义之荣，忽若尘烟。"（其六）"君子迈德，处约思纯。货殖招讥，箪瓢称仁。"（其十一）"君子克己，心絜冰霜。"（其十二）凡此皆儒家之言也。嗣宗分明是学孔子、颜子，而观其六十一诗，尤足以见其儒家守礼安贫之风范，孟子所谓"富贵不能淫，贫贱不能移，威武不能屈"者是也。其诗云："儒者通六艺，立志不可干。违礼不为动，非法不肯言。渴饮清泉流，饥食甘一箪。岁时无以祀，衣服常苦寒。屣履咏《南风》，组袍笑华轩。信道守诗书，义不受一餐。烈烈褒贬辞，老氏用长叹。"历代文人多以高名见杀，与嗣宗同时者如嵇叔夜，稍后者如谢康乐。盖由于圭角太露，而于处世之道尚未看透。《咏怀》诗云："愁苦在一时，高行伤微身。"又云："高名令志惑，重利使心忧。"是嗣宗于此点知之审矣。此其所以"更希毁珠玉"（其七十二诗）也。

《诗品》云："专用比兴，患在意深。"阮诗之难理解，此亦一故。又《诗品》谓阮诗源出于《小雅》，此殆就其旨趣而言。若其文章之艺术，则实以得之于《楚辞》者为多，要皆一底一面，托物言情，而其思想情感之同时涌现，变化无穷，兔起鹘落，令人难测，则尤与《离骚》同趣。要之，其立想之高，创意之奇，屈原后一人而已（可参证其六十八及七十九诸诗）。

凡为诗皆须合一理字。无论抒情、叙事、写景，莫不如此。惟嗣宗诗间有超越于常理之外者，此不可不知。又其诗之变化在于思想，不专在于字句。至鲍明远始多在于字句之间。又其转折处亦全以意行，与六朝、唐、宋作法不同。

《咏怀》诗其一："夜中不能寐，起坐弹鸣琴。薄帷鉴明月，清风吹我襟。孤鸿号外野，翔鸟鸣北林。徘徊将何见，忧思独伤心。"此诗气象与态度极高。"薄帷"一联表现一种恬静之意境，使人想见其当时之襟胸，而音韵之天籁，殆亦臻化境。不用"明月鉴薄帷"者，虽忌与"清风"句作对语，然亦在故使"薄""我"二字错间，于音节之抑扬顿挫，便有无限佳趣。"薄"字为二句穴眼所在。又此诗中两联皆渐趋对仗，已开近体之端。

嗣宗诗多悲愁语，其写景而稍有闲适之意者，唯"芳树垂绿叶，青云自逶迤"二句而已。又此诗所用双声叠韵字颇多，后人唯工部注意及此。

《咏怀》其十一："湛湛长江水，上有枫树林。皋兰被径路，青骊逝骎骎。远望令人悲，春气感我心。三楚多秀士，朝云进荒淫。朱华振芬芳，高蔡相追寻。一为黄雀哀，涕下谁能禁?"凡诗忽有出乎平常之外者，则其中必有难言之隐，"远望"二句是也。不敢直言因"青骊逝骎骎"而悲，乃云因春气而感我心，用意深矣。然此等处正须细玩，不可以史事牵强附会。又此诗通首皆用楚典，极见功夫。实则亦理之当然，盖不如此便不能上下一气而失浑成之妙。

嗣宗诗有变化在字句者。如其十二诗"磬折似秋霜"。此语甚奇。读者须以意会，不可拘泥于字面。所谓"磬折似秋霜"者，盖言秋霜之被于草木向人如磬折也。

中国诗人所以独多哀怨之言者，其故有二：所发多系不平之鸣；所传诗，皆中年以后垂老时作品。嗣宗亦复如是。青年人正可不学，第取其有裨于身心者可耳。魏晋六朝诗多从《楚辞》变化而来，其转折处，几如无缝天衣，不似唐宋之有一定方法者可比。如《咏怀》其二"千载不相忘"以下，实另成一段，然不细玩便易忽略。又如其三十"但愿适中情"以下，分明是两段，若不相联属者，然意实通贯。唐宋诗人用比喻常在本意之前，嗣宗则不拘拘。如此诗云"单帷蔽皎日，高树隔微声。谗邪使交疏，浮云令昼冥。""浮云"句与上"单帷"二句同一比意，乃忽置于"谗邪"句下，此亦可见其变化处。

《咏怀》诗中亦有咏从军者，如其三十九"壮士何慷慨，志欲威八荒"是也。然此种诗易落平凡，故杜工部《出塞》诸作便换一方向，专写当时情事矣。

《咏怀》诗多有言及游仙之事者，此乃嗣宗心烦意乱不知所为时作也。《三百篇》所言虽多悲哀语，然尚无言及游仙者。至《楚辞》则此种思想已勃然不可遏，盖世道之险帜，人心之恶劣，有以使之然也。此亦诗人自求解脱，强为旷达，以冀得精神安慰之一法。

其四十二："阴阳有舛错，日月不常融。天时有否泰，人事多盈冲。"四句意本相同，然用两句则文气太促，故不为也。此种重复，正是汉魏诗质朴处，亦正是与唐宋诗不同处。

其六十四："朝出上东门，遥望首阳基。松柏郁森沉，鹏黄相与嬉。逍遥九曲间，徘徊欲何之。念我平居时，郁然思妖姬。"五言诗短篇最难，因其成篇较律诗之有一定规矩可循者不同。即如此篇有叙事，有批评，有慨叹，固不可以其短而忽之。

嗣宗五言《咏怀》诗八十二首外，尚有四言《咏怀》诗十三首。唯近人丁福保所编《全三国诗》仅有其三，黄节先生出其旧藏潘璁本复为注释，于是吾人乃得窥嗣宗之全豹。对兹硕果，弥觉可珍矣。

四言诗在今日已不可学。盖不古则近于骈文，古则不能超乎《三百篇》之外，而无自家面目也。又四言诗往往两句始表一意，较五言少一字，七言少三字，于表现方面亦觉不灵便。唯铭诔祭文中可用耳。嗣宗四言造句虽极雅，然已无《毛诗》之气体矣。此亦时代之关系也，晋唯陆士龙好作四言体，但多抄袭《毛诗》，方之嗣宗，又已不逮。

景死而人活，若以当前之景，写出内在之情，则所谓死景者亦将变而为生动为有情矣。此诗之所由生也。如四言《咏怀》其一，首数语纯为写景，忽紧接"感时兴思，企首延伫"二句，乃将上所说诸景落到自己身上，便觉有生气，景中有情，情中亦有景，便拆不开来也。

嗣宗诗多微词。吾人须于言外见其真意。如四言其一："於赫帝朝，伊衡作辅。"以伊尹比司马师。又其八："三后临朝，二八登庸。"隐以尧舜禹比方晋初，外若颂谀，实是规讽。盖拟不以伦，便成笑骂也。

诗之本在言志，而言志之妙则在比兴，鸟兽草木者，比兴之本也。然一用再用，陈陈相因，则所谓诗者亦将丧失其新生命与价值矣。故《楚辞》中之草木鸟兽，多与《三百篇》不同，《汉赋》中又与《楚辞》不同，各有其创获。后世凡所用鸟兽草木，未有一能出此三种之外者。盖诗人于博物之学，未能加之注意，故终乏新理趣之发现。嗣宗《咏怀》之作，其所以能变化自如，比喻风生，亦即由于多识于鸟兽草木之名，而能穷其理。嗣宗而后，盖难言之矣。故居今日不谈创作新诗则已，如必欲创作而冀其形成者，则于鸟兽草木之学，正不可不努力。否则终难跳出古人圈牢。若徒斤斤于文章字句之间，支离灭裂，光怪陆离以为新，是皆舍本而逐末焉者也。

三、读谢康乐诗札记

余从黄节先生受曹子建及阮嗣宗诗，于先生之余言绪论不见于注中者，亦既为二札记以述其涯略矣。年来株守清华，夤缘际遇，乃复得闻康乐之诗焉。先生于谢诗，至此盖凡三讲，其立论与曹、阮二家，时有不同，而其见解，视前此所讲，又已精深。因更作是篇，亦欲使世之有志于康乐诗者，有所借镜，并得以窥先生诗学之全。窃尝思之，谢诗之深奥难知，实不减于嗣宗，而视子建，殆又过焉。盖其所寄怀，每寓本事；说山水，则苞名理也。后人徒赏其富艳，摘其佳句，又复知其然而不知其所以然，失之远矣。今兹之作，虽亦间引前人之说，以资阐明，然大旨所在，与夫语气之间，则力求详确，不敢以为言者之累也。

《诗品》云："元嘉中，有谢灵运，才高词盛，富艳难踪，固已含跨刘、郭，凌轹潘、左。故知陈思为建安之杰，公干、仲宣为辅；陆机为太康之英，安仁、景阳为辅；谢客为元嘉之雄，颜延年为辅。斯皆五言之冠冕，文词之命世也。"沈约《宋书·谢灵运传论》亦云："爰逮宋氏，颜、谢腾声。灵运之兴会标举，延年之体裁明密，并方轨前秀，垂范后昆。"观此，则谢诗在文学史上之地位，概可见矣。盖诗歌自西周至屈、宋为一变，至汉魏为一变，至晋宋又为一变，而以康乐之影响为大。沈约独作论于本传之后，其意亦可睹。故以地位论，汉魏而后，晋宋之间，一人而已。

康乐之诗，《诗品》谓其源出于陈思，明李梦阳云：所谓其源出于陈思者，不在乎形似。陈思爱用《毛诗》、屈、宋，康乐亦然；又陈思多用神仙之语，康乐则参杂《易》、佛、老、庄之说，于此可见曹、谢二家之关系。余谓即就辞章方面，亦颇有足资证明者。子建之诗，虽不以造句为功，然下字则甚尖新，此实为康乐之滥觞。如《赠丁仪》诗"凝霜依玉除"，则康乐《燕歌行》"悲风入闺霜依庭"所祖也。又如《公宴》诗"朱华冒绿池"，则康乐《从斤竹涧越岭溪行》诗"菰蒲冒清浅"所祖也。而《游南亭》诗之"泽兰渐被径，芙蓉始发池"，则与子建《公宴》诗"秋兰被长坂"一联，句意几完全相合矣。又康乐之起调，亦有极与子建相类似者，如子建云："步登北芒坂，遥望洛阳山。"（《送应氏》）康乐则云："步出西城门，遥望城西岑。"（《晚出西射堂》）而《拟魏太子》"百川赴巨海，众星环北辰"二语，其气势之雄阔，尤为得之于子建。至若联章诗《酬从弟惠连》，则亦正如陈胤倩所云其源出于陈思《赠白马王》一篇也。此虽小节，然亦足以窥其渊源及流变，《诗品》所云，盖亦有征。唯曹、谢二家之诗，皆各有其风格，子建之诗朴，而康乐之诗华。朴故易晓，华故难知。此则二家之所不同，亦汉魏与六朝之所由分也。

凡治一家之诗，须看出其真面目来。康乐身为贵公子孙，为人豪华，故其诗亦如之。又其学问、天才、见识，皆系一绝顶之人，徒以性情偏激，致招迁免，眷念畴昔家室之盛，因纵情于山水以自娱，然实不能忘情于山水之间也。前人多以陶、谢并论而异其好恶，如杜甫不甚喜陶诗而恨其枯槁，苏轼则剧喜陶诗，而谓自曹、刘、鲍、谢、李、杜诸人皆莫能及。是皆过论也。不知陶、谢二人，其身世与性情，根本不同，盖渊明吃过苦来，而康乐则未也。故渊明之诗，其冷语皆有其本人在，而康乐则直由热情降为冷语耳。要各有其独到之处，不应强分优劣。然渊明之诗，天成也；康乐之诗，人为也。《诗薮》谓"陶、谢俱以韵胜，谢之才高，而陶趣差远"，此言得之。前人论诗，多推二谢，实则小谢（谢朓）较大谢浅近得多。小谢可学而能，大谢不可学而至也。盖康乐之诗，写山水而苞含名理，言风物而兴会飘逸，有非小谢所能及。唐子西《语录》云："三谢（包括谢惠连）诗，灵运为胜。"又云："诗至玄晖（朓）语益工，然萧散自得之趣，亦复少减，渐有唐风矣。"《文镜秘府论》云："凡高手言物及意，皆不相依傍，如'方塘涵清源''细柳夹道生'（二句见刘桢《赠徐干》），又'方塘含白水，中有凫与雁'（二句见刘桢《杂诗》），又'绿水溢金塘'（此句未详，刘桢《公宴》诗有'菡萏溢金塘'）'马毛缩如蝟'（见鲍照《代出自蓟北门行》），又'池塘生春草，园柳变鸣禽'（见谢灵运《登池上楼》），又'青青河畔草'（见《古诗十九首》）'郁郁涧底松'（见左思《咏史》），是其例也。"又云："中手倚傍者，如'余霞散成绮，澄江净如练'（见谢朓《晚登三山还望京邑》），此皆假物色，此象力弱不堪也。"观此，则二谢之优劣自见矣。又康乐之诗，说理既深微，造句亦复奥妙，故虽博学之士，亦多不能了解，效法更无论矣。后之学大谢者，徒得其皮相耳。

汉诗浑成，无一定作法，至康乐、明远，则段落分明，章法谨严矣。然亦各人有各人之法，各篇有各篇之法，其变化疏宕处，后人不能也。如康乐《晚出西射堂》诗，则直以作文章之法作诗矣。此实开一代之规模。大抵康乐之诗，首多叙事，继言景物，而结之以情理，故末语多感伤。然亦时有例外，如《登池上楼》首四句

"潜虬媚幽姿，飞鸿响远音。薄霄愧云浮，栖川怍渊沉"则以理语起矣。至如《南楼中望所迟客》之"杳杳日西颓，漫漫长路迫"，《游赤石进帆海》之"首夏犹清和，芳草亦未歇"，《游南亭》之"时竟夕澄霁，云归日西驰"，则又以景语起矣。然于写景说理之后，必紧接以叙事，则几成康乐诗之惯例矣。

乐府自汉而后，多不能歌，盖其谱已失，后之作者，特因牌名而云然耳。拟作之方法，大抵有三：其一死拟，即亦步亦趋，如以杨柳易松柏之类；其二借题发挥，即直抒己意；其三推广古乐府中一二句而成篇。康乐之乐府，虽多模拟，然只在词体方面，若夫遣怀指事，则自有其真面目在，不可易也。如《悲哉行》即其一例。此篇实拟陆士衡《悲哉行》，篇中有用陆作原物，亦有以他物易之者，唯意境则大相径庭。盖此篇乃宋初康乐未出仕时有所感而作。篇中如"萋萋春草生"，喻宋初也；"王孙游有情"，自喻也；"差池燕始飞"，喻新进也；"松萝欢蔓延，樛葛欣藟萦"，则喻新人之互相依附；而"幽树虽改观，终始在初生"，则景中更含名理，犹言树有初生，即有落叶，如朝代之有盛衰，乃不易之理也。

此为康乐独有千古处。

凡诗必有新境界，始为上乘。不然，则归陈腐。所谓新境界者，即意新、情新与词新是也。康乐《会吟行》，其起调云："六引缓清唱，三调伫繁音。列筵皆静寂，咸共聆会吟。会吟自有初，请从文命敷。"陆机《吴趋行》云："楚妃且勿叹，齐娥且莫讴。四坐并清听，听我歌吴趋。吴趋自有始，请从阊门起。"则康乐实拟之。然中篇所言，要自有新意，观"肆呈窈窕容，路曜便娟子"二语，则当时吴地女子之风气如睹矣。康乐寄居会稽，故篇中亦列举以前寄居会稽之贤达以自拟。又《吴趋行》用泰伯、仲雍、季札、孙权四人，而此篇则用勾践等六人，亦拟古变换处。

康乐乐府，亦好用典丽字句，观《善哉行》可知。古辞云："欢日尚少，戚日苦多。以何忘忧？弹筝酒歌。"则此篇"击节"二句拟之。义古辞云："淮南八公，要道不烦。骖驾六龙，游戏云端。"则此篇末二句"善哉达士，滔滔处乐"拟之。康乐诗，结句鲜有作满意语者，唯此为例外。然亦由悲痛之极而强自宽耳，非真乐也。

康乐诗多用《易》理，而造句复奇，故有极费解处。

如《折杨柳行》："否桑未易系，泰茅难垂拔。桑茅迭生运，语默寄前哲。"即系用《易经》否泰二卦之义。前二句盖迁徙时自伤无再回之望意，所谓"桑茅"，即是否泰；"语默"，亦即是出处，以《易》有"或出或处，或默或语"之文，此用替代法，不可不知。又如《上留田行》，亦系用《易经·需卦》之义。《易》曰："需，须也。险在前也。刚健而不陷，其义不困穷也。"又曰："需于郊，不犯难也。需于沙，衍在中也。需于泥，灾在外也。"险在前者，屯蒙两卦在需之前也。需者，等待之义。故此等诗，前人皆不敢讲。

四言、五言诗，多两句始达一意或写一景，七言则一句便足，如《燕歌行》"悲风入闺霜依庭"，实并合子建"凝霜依玉除，清风飘飞阁"二句而成。作诗须写出当时人之态度，读诗亦须看出诗中人之态度。此诗虽不含名理，然其中意境与态度，则极分明也。

汉魏六朝诗，好因古语改创新词，康乐诗中，亦往往有之。如《缓歌行》"飞客结灵友"，不用"羽人"而用"飞客"；又《鞠歌行》之"譬如虬分来风云"，《登池上楼》之"潜虬媚幽姿"，不曰"龙"而曰"虬"。唐宋而后，此意遂失。

《苦寒行》云："寒禽叫悲壑。"夫壑而曰悲者，盖诗人以其主观之感情渗入于无知之物故也。亦犹风曰悲风，泉曰悲泉耳。此则为康乐之创语。

《泰山吟》云："崔崒刺云天。"云天，倒语也。凡写山水，愈大亦愈难。古今诗人咏泰山之作多矣，唯此篇与杜甫《望岳》为能写出其伟大之气象。"触石辄千眠"，佳句也，不求甚解，则亦不见其佳。大抵六朝以前诗歌，须细加思索，方知其好处，与唐宋以后，穷言尽相、一目了然者不同。

魏晋六朝以前，赠送应酬之作少，故诗题皆短。其有题目不能概括者，则别为小序，如《述祖德》诗即其例。至苏轼遂并小序而归之于题，多者乃至百余字，非古法也。康乐诗，章法至为紧严，前后呼应，上下缩带。即如此诗"仲连却秦军"以下"临组乍不缫"四句，皆系就仲连立言，至下云"遥遥播清尘"，则总结以上段生四人矣。又此诗第二首有云："拯溺由道情，龚暴资神理。"此二语实为全诗之分水岭，康乐主意所在，盖上句言德而下句言功。《易》曰："一阴一阳之谓道，阴阳不测之谓神。在天曰阴阳，在人曰仁义。"康乐实引用此意。后人于"道""神"二字，多未看清，故容易忽略过去。

送别诗，须有深浅，要写出友人因何而去，及去时自己之情态，有人有己，方不空泛。对于当时之时势，亦须言明。康乐《九日从宋公戏马台集送孔令》诗，结构描写，俱可为法。首言时令，次以"圣心"二字点出宋公，生出"在宥"以下诸语，至"归客"句，始落到孔令身上。末四句，方道出自家心事。有始有终，前后照顾，与鲍诗篇法，又自不同。但以天子语气称颂宋公，实为失体。盖当时宋公尚未受禅也。此是康乐短处，不可学。

汉魏以前，叙事写景之诗甚少，以有赋故也。至六朝，则渐以赋体施之于诗，故言情而外，叙事写景兼备，此其风，实自康乐开之。唐宋以后，赋体已微，遂直以作文之法作诗矣，故叙事诗多而且长。又六朝叙事诗简洁，一字当一字之用，六朝以后，则一句当一句矣。如康乐《邻里相送至方山》《过始宁墅》《还旧园作见颜范二中书》诸诗，皆其例也。不仅全篇如此，即一字一句之间，六朝亦视唐宋为简洁。如《晚出西射堂》："抚镜华缁鬓，揽带缓促衿。"使出唐宋人手，则非分为数语形容不出。

《晚出西射堂》一诗，乃康乐借永嘉山水，写自己怀抱者。然以功名心切，故写景处，多露郁郁不得志之意，观"安排徒空言"，则是名理亦不能解其忧矣。凡作诗如绘画，近处须眉目清楚，远处则只须涂其梗概，如此诗"连嶂迭巘嵝，青翠杳深沉"，写"遥望"二字，恰到好处。

《登池上楼》一诗，为康乐名制。全篇对仗，如不善用比喻则必流于板滞，不易为也。此诗先说理，次叙事写景，后始发叹，组织虽严密，而转处则微妙，层层写去，康乐用心之作也。"池塘生春草"一语，后人论之者多矣，誉之者则直以为天生好言语，不假绳削；而或者又以为反复求之，终不见其佳。此其蔽，皆在只求之字面，而忽略全篇。不知诗之佳句，不在其本身，而在全篇之命意述事，情致相生，至结穴处，便自成佳句。此篇"池塘"二句，实由"卧病"以下五句流转而来。因卧疴，故昧节候，因昧节候，故有"革"字"改"字，

　　　　　　　　　　历代乐府选评

于是逼出此二句，即结穴处也。盖大家之诗，往往以闲句空句拖出好句来，如画家与书家之必有其空白处，方足以显出字画之美者正同。此诗"徇禄"以下数句，即空白处也。后世诗话之说，多论佳句，故自诗话行而佳篇不睹，非唯不睹，抑且不知焉。故知"池塘"二句，所以佳者，实由全篇烘托而成，盖春草之生非一日，鸣禽之变非一种，而于康乐，则为新遇，若无上文为之张本，则此十字者，亦不见其佳。读者于此处领悟，便觉别有趣味矣。石林之论，未知古人作诗甘苦，以为亦如后世第在字句间见好也。

读康乐诗，当连贯读之，专举一篇，易失原意。如在永嘉时所历各地之作，便多前后相衔。如《游南亭》诗云"未厌青春好"，若非由上篇知其卧病，则"厌"字为不通，为无来历。

《行田登海口盘屿山》诗云："莫辨洪波极，谁知大壑东。"二句实与唐以后近体音律相似，六朝以前，未尝有也。若《游赤石进帆海》诗："川后时安流，天吴静不发，扬帆采石华，挂席拾海月。"皆两句一意，则犹是汉魏格调，唐宋而后，无闻焉耳。又此诗"溟涨无端倪，虚舟有超越"二句，亦含名理，犹言海虽无涯际，而舟则自有前进也。前进不已，海亦可穷。

观前人写山水田园之诗，须将其立脚点看清，方知其妙处。如《登江中孤屿》一诗，乃康乐游罢江南，复过江北时所作也。"云日相辉映，空水共澄鲜。"写出上句"媚"字来。然无下"表灵物莫赏，蕴真谁为传"二句，则此景亦为徒具。《诗薮》载薛考功云："曰清曰远，乃诗之至美者也。灵运以之'白云抱幽石，绿筱媚清涟'，清也；'表灵物莫赏，蕴真谁为传'，远也。"

康乐诗，语意有极奇僻者，如《游岭门山》诗："千圻邈不同，万岭状皆异。威摧三山峭，濒汩两江驶。"三山、两江皆非永嘉地，故知下二句，实分承上二句而来，犹云皆异三山之峭，不同两江之驶也。

《初去郡》诗云："野旷沙岸净，天高秋月明。"佳句也。然好在能以眼前之风色，写出去郡后一种豁达之心胸，是景语，亦是情语。世人多称黄山谷《登快阁》诗"落木千山天远大，澄江一道月分明"，以为能从景中悟出道理，实亦祖康乐此语。山谷此作，亦在贬谪之后，一切功名富贵之念，皆扫除净尽，故其诗境如此。是所谓善学古人者。《岁寒堂诗话》云："子建'明月照高楼，流光正徘徊'，本以言妇人独居愁思之切，非以咏月也，而后人咏月之句，虽极其工巧，终莫能及。渊明'狗吠深巷中，鸡鸣桑树颠'，本以言郊居闲适之趣，非以咏田园也，而后人咏田园之句，虽极其工巧，终莫能及，后人所谓含不尽之意者，此也。"余谓此言亦足为康乐此二句说法。又康乐诗有："美人游不还，佳期何由敦。芳尘凝瑶席，清醑满金尊。"末二句偏作绮语，实则凄凉不堪也。然须连上"美人"句观之，始见其妙。

《南楼中望所迟客》，为康乐名篇。言情言景，而不指出事实，因所谓客者，乃凭空幻想而出，故不能着一边际语。此较专指一人而作者为难。是诗言友情，深厚委婉，通首皆好。

唐宋诗人，论事者多有之，独不能以情该事。康乐《庐陵王墓下作》一篇，往复回还，纯以挚情出之，而庐陵之一生，已尽见之于言外。此所谓能于虚处着笔也，亦即能以情该事。此诗末二句最为凄凉。

《入东道路诗》云："陵隰繁绿杞，墟囿粲红桃。鹭鹭翯方雏，纤纤麦垂苗。"康乐此四句，写当前之景，而内含故事，隐用《毛诗》及箕子《麦秀》之义，而浑然天成，其天才之高，非惟不可及，抑亦难窥也。此四句，一句一事，一事一意，下云"满目皆古事"，所谓"古事"者，即暗指此而言，名曰古事，实即康乐心中之事耳。此点自来无人见到，康乐有灵，亦将感知己于千载矣。

《还旧园作见颜范二中书》一诗，为康乐叙事写景之作，须对照《本传》看。"圣灵昔回春"，指高祖起为散骑常侍；"何意冲飙激"，指徐羡之等患之，出为永嘉太守事；"浮舟"数句，则谓赴永嘉时情况；"托身青云上"二语，则谓返会稽也；至"曾是反昔园"，方落到本题。此篇为康乐诗中最长者。唐以后叙事诗易看，以其叙述分明，如此诗，"浮舟""青云"等句，若不细析，便易混乱。

《石门岩上宿》一首，为康乐遗世独立之作。"鸟鸣识夜栖，木落知风发"，倒句也。盖风发木落，鸟栖不定，故鸣。无"木落"句，则上句为不通。末二句："美人竟不来，阳阿徒晞发。"美人，殆指庐陵王也。"徒"字，有不得志之意。清高自赏，无与为俦，而不平之气，亦见于言外，盖性情之修养，火候并未到耳。《文镜秘府论》有所谓"隔句对"，即第一句与第三句对，第二句与第四句对。其举例诗云："昨夜越溪难，含凄赴上兰；今朝逾岭易，施笑入长安。"康乐此诗首四句："朝搴苑中兰，畏彼霜下歇；暝还云际宿，弄此石上月。"亦即隔句对之体。庐陵王为康乐一生知己，故诗中三复致意，而复不能明言，如《从斤竹涧越岭溪行》云"想见山阿人"，又《石室山诗》云"灵域久韬隐"，皆为思念庐陵王之意。

康乐诗有二句纯说理者，如"虑澹物自轻，意惬理无违"是也。上句指外言，谓知足则外物不为重；下句指内言，惬者，可也，谓能随时随地而适得其可，无过与不及，则与性理无违背也。有因景而悟出名理者，如"虚泛径千载，峥嵘非一朝"是也。意谓人才之培养，非一朝一夕之故也。从小以见大，言近而旨远。然系从上文"石室冠林陬，飞泉发山椒"生出。有景物之本身即含名理者，如前所举"溟涨无端倪，虚舟有超越"是其例也。

康乐颇好佛，如《石壁立招提精舍》一诗，通首皆言佛事，用佛典，不作一道家儒家语。康乐曾与释慧观、慧岩删改前作而成南本《大涅槃经》一书。又《广弘明集》卷二十，与诸道人《辨宗论》中亦载，灵运尝主"顿悟"之说，言悟非顿不可。又言有大顿悟、小顿悟，与印度主渐悟之说相反。观此，则康乐于佛学，必甚精深，其诗之多言名理，与其顿悟之说，或不无关系也。

凡诗亦不可无铺排语，长篇尤当注意。然不可句句实在。盖过密则无转圜余地，反失生动之趣也。有如所谓"杨林积翠之下，翘楚幽花，时时间发"者得之矣。康乐诗中，如《入彭蠡湖口》："春晚绿野秀，岩高白云屯。"即铺排语也。六朝诗家，讲铺排者，前有陆士衡、颜延之，后有沈休文。

康乐《入华子岗》一诗，所写山川及凭吊之感，皆极平常，并未别具面目，而前人多重视之，《文选》亦录入者，殆以末二句故耳。"恒充俄顷用。岂为古今然？"可以知康乐之人生观。其意盖谓不为古，亦不为今，只充我个人俄顷之受用而已。实则康乐之为此言，亦只是俄顷间事耳，并未能做到也。

康乐诗，对偶特多，然句意有极变化处，自表面观之，上下两句，似为对立，然细察其意，则实有先后宾主之分，如云："积痾谢生虑，寡欲罕所阙。""寡欲"，直是"谢生虑"之一种方法，故下句乃上句之注脚。又如："企石挹飞泉，攀林摘叶卷。"亦是一意。盖言摘叶以挹泉也。至如："俯濯石下潭，仰看条上猿。"则写景命意，尤奇绝。前人多误以二句为对峙，《对床夜话》云："苏子卿诗：'俯观江汉流，仰视浮云翔。'魏文帝：'俯视清水波，仰看明月光。'子建：'俯降千仞，仰登天阻。'何敬祖：'仰视垣上草，俯察阶下露。'又：'俯临清泉渊，仰视嘉木敷。'谢灵运：'俯濯石下潭，仰看条上猿。'又：'俛视乔木杪，仰聆大壑漰。'辞意一也。古人句法极有相袭者。"不知康乐此语，句法虽相袭，而意实不一。盖所谓"俯濯"，乃指猿影言，非康乐自濯也。此句虽在上，而其主格乃在下句，康乐当系先见潭底之影而后仰视耳。若此之类，非细参，便易抹杀前人好处。又康乐诗有"拙疾相倚薄"及"聚散成分离"二语，"拙疾"须分开讲，"聚散"则非对文，犹言由聚而散，乃理之常，分离方是说事实。

《道路忆山中》一首，为康乐诗声调之最激昂者，此诗平易安详，不含名理，已开小谢之风格。康乐五言小诗不多，方面变化亦少，盖其时短篇初具雏形，故学六朝小诗者，自当以阴、何二家为法。《临川被收》一篇，为其小诗之一，《诗薮》云："谢灵运：'韩亡子房奋，秦帝鲁连耻。本自江海人，忠义感君子。'谢世基：'伟哉横海鳞，壮矣垂天翼。一朝失风水，翻为蝼蚁食。'皆晋人五言绝。遇同调同，虽一时口占，千载生气。"

双声叠韵，在六朝时，诗家文家，皆极注意。唐宋以下，此道不讲，唯工部一人，尚经意为之。康乐诗中此类对语极多，如："居德斯颐，积善嬉谑。""斯""颐"，叠韵；"嬉""谑"，双声。又："近涧涓密石，远山映疏木。""涧""涓""山""疏"皆双声。又："援萝聆青崖，春心自相属。""聆""青""春""心"皆叠韵。又："荣悴迭去来，穷通成休戚。""穷""通"叠韵；"去"字，御韵，"来"，读"利"，寡韵，故二字亦为叠韵。又："苹落泛沉深，菰蒲冒清浅。""苹""落"双声，"沉""深"叠韵，"菰""蒲"叠韵，"清""浅"双声。此类用法，《毛诗》甚多，后人唯于工部诗中见之。如云："晚闻多妙教，卒践塞前愆。""晚""闻"双声，"妙""教"叠韵，"卒""践"双声，"前""愆"叠韵。又："消息多旗帜，经过叹里闾。""消""息"双声，"旗""帜"叠韵，"经""过"双声，"里""闾"叠韵。此种双叠相对，以能同地位为佳。

《文镜秘府论》有云："褒贬古贤，成当时文意，虽写全章，非用事也。古诗：'胡马依北风，越鸟巢南枝。''南登灞陵岸，回首望长安。'谢灵运：'彭薛方知耻，贡公未遗荣。或可优贪竞，岂足称达生。'此三例，非用事也。"其论亦有见。惟康乐诗中，用典处极多，大都不加议论，而本意自见。《文镜》所举，尚非诗中之上乘也。如《会吟行》："范蠡出江湖，梅福入城市。东方就旅逸，梁鸿去桑梓。"《述祖德诗》："段生藩魏国，展季救鲁人，弦高犒晋师，仲连却秦军。"则皆信笔写去，直书其事矣。如此之流，诗中多有，非大手笔不易为也。至若"既惭臧孙慨，复愧杨子叹"，则一生心事，都尽此两句。

《升庵诗话》载康乐逸句："明月入绮窗，髣髴想蕙质。""消忧非萱草，永怀宁梦寐。"谓上二句，乃工部"落月满屋梁，犹疑照颜色"所祖。前人有以工部此句为本子建"明月照高楼"者，观此足以知其非矣。

《虞书》云："诗言志。"《诗序》云："诗者，志之所之也。"康乐之诗，信富艳精工矣，而言志者，则绝无仅有。此实为其一大缺点。综观全诗，其所言者，不过情而已，意而已，景物而已，名理而已，求其所言之志，盖渺不可得。良以康乐于性理之根本工夫，缺乏修养，故不免逐物推迁，无终始靡他之志，昧穷达兼独之义，于功名富贵，犹不能忘怀。是故山水不足以娱其情，名理不足以解其忧。学足以知之，才足以言之，而力终不足以行之也。夫为乐有道，孔子曰："未若贫而乐。"孟子曰："反身而诚，乐莫大焉。"舍本心而不求，而唯外物之是骛，以图俄顷之适，乌见其能无人而不自得也。呜呼，此康乐之所以终不得其死也欤。

（作家出版社 1956 年出版单行本，后收入《乐府诗词论薮》"附录"，齐鲁书社 1985 年版。）